Manuela Kusterer

Neues aus dem Café und andere Katastrophen

AF199310

Copyright © Manuela Kusterer
Alle Rechte vorbehalten
2. Auflage Mai 2022
Covergestaltung: Peter Kusterer
Foto Umschlag: Adobe-Stock
Zeichnungen: Gertrude Gebauer
Herstellung und Verlag:
BoD - Books on Demand, Norderstedt
ISBN: 978-3-7504-1980-3

Zum Buch

Vivienne sucht Kontakt zu ihren früheren Freundinnen. Ihr Mann hat eine junge Geliebte und ihr wird klar, dass sie mit der Hilfe von den Frauen aus ihren gehobenen Kreisen nicht rechnen kann. Aber wie werden Eliane und Tamara reagieren? Immerhin waren inzwischen fast drei Jahre vergangen. Vor allem gegenüber Eliane hat sie ein schlechtes Gewissen, schließlich war diese damals schwer krank gewesen, als sie den Kontakt abgebrochen hatte. Tamara geht es nicht gut und als sie den Grund dafür erfährt, ist sie ratlos. Dann gibt es da noch Klara, Rebecca und Klaus aus der Wohngemeinschaft. Klara möchte sich nicht eingestehen, dass sie sich in Klaus verliebt hat. Außerdem ist unklar, ob er ihre Gefühle erwidert. Es stellt sich heraus, dass es da ein Geheimnis gibt. Wird er Klara nur für seine Zwecke benutzen? Rebecca wird von ihrem Ex- Freund gestalkt und hat den Kopf nicht frei, um sich um ihre Freundinnen zu kümmern. Und Eliane geht es ähnlich, da ihr Mann Timo und sie eigentlich urlaubsreif sind. Selbst bei Klara versagt im Moment ihr Helfersyndrom. Werden die Frauen rechtzeitig bemerken, dass sich eine von ihnen in großer Gefahr befindet?

Autorin

Manuela Kusterer, in Pforzheim geboren, Jahrgang 1964, lebt heute mit ihrem Mann und ihren zwei erwachsenen Söhnen in der Nähe von Karlsruhe.

Dieser Roman ist die Fortsetzung von „Tamara, ihr Leben und das Café" und spielt in Pforzheim, wie auch das erste Buch dieser Serie „Die Liebe, das Leben und die täglichen Katastrophen".

Außerdem hat die Autorin vier Regionalkrimis geschrieben, die im Nordschwarzwald spielen. Und drei unabhängige Krimis, die in Pforzheim und Karlsruhe angesiedelt sind.

Besuchen Sie die Autorin im Internet

www.manuelakusterer.com

oder in Facebook:

@autorinmanuelakusterer

Dieses Buch widme ich allen meinen Freundinnen

Vivienne

Vivienne saß auf ihrem edlen cremefarbenen Sofa aus Leder, umgeben von zerknüllten Papiertaschentüchern. Sie konnte gar nicht mehr aufhören zu weinen. Was war nur aus ihrem Leben geworden. Noch vor ein paar Jahren hatte sie von einer rosigen Zukunft geträumt. Vor allem, nachdem sie Andreas geheiratet hatte. Mit Kindern wollten sie noch warten, da waren sich die beiden einig. Sonst wären die tollen Reisen, die sie zusammen mit ihren sogenannten Freunden unternommen hatten, nicht möglich gewesen. Außerdem hätte Vivienne bei einer Schwangerschaft um ihre gute Figur bangen müssen. Und nun, was hatte sie davon. Mit ihren 35 Jahren war kein Land in Sicht und Andreas vergnügte sich mit einer jungen Geliebten. Ihre gemeinsamen Freunde wollten nichts mit ihr unternehmen. Ohne ihren Mann war sie anscheinend für alle unsichtbar. Vivienne schluchzte laut auf und verlor sich noch mehr im Selbstmitleid. Nach gefühlt mehreren Stunden, es wollten einfach keine Tränen mehr kommen, rief sie sich zur Vernunft und murmelte vor sich hin: »Es muss doch noch Freundinnen geben, die nicht auf der Seite meines Ehemannes sind. Denen ich auch etwas wert bin.« Es fielen ihr drei Frauen ein, mit denen sie schon ab und zu shoppen und Kaffeetrinken gewesen war.

Da waren natürlich auch noch ihre früheren Freundinnen Tamara und Eliane. Sofort schlich sich bei den Gedanken an die beiden ein schlechtes Gewissen bei ihr ein. Wollte sie doch mit Eliane, nachdem diese von ihrem Mann Markus verlassen worden war, nichts mehr zu tun haben. Schließlich war das ja auch ein Freund von Andreas und somit war klar, dass sie diese Freundschaft nicht länger aufrechterhalten konnte. Damit entschuldigte Vivienne ihr damaliges Verhalten. Als ihre Freundin kurz darauf an Brustkrebs erkrankt war, tat ihr das zwar leid, aber für so etwas hatte sie eben damals keinen Nerv gehabt. Außerdem war zu diesem Zeitpunkt der Kontakt schon eine Weile abgebrochen. Und Tamara?

Ja, diese war zunächst ihrer Meinung gewesen, war aber schließlich doch zu Eliane gegangen, hatte sich bei ihr entschuldigt und dann sogar noch in dem Café bedient, das die Freundin in der Zwischenzeit eröffnet hatte. Damals war Tami dann auch für sie gestorben. So ganz konnte Vivienne ihr damaliges Verhalten nicht mehr nachvollziehen. Aber so war es nun einmal. Entschlossen erhob sie sich, ging in die Diele, nahm das Telefon, das sich dort auf einem kleinen stilvollen Schränkchen befand, aus der Station und ließ sich auf den modischen pinkfarbenen Sessel fallen. Nachdem sie die Nummer von Petra eingetippt hatte, wartete sie ungeduldig, bis diese das Gespräch annehmen würde. Petra war die Frau eines Freundes von Andreas und sie hatten schon ein paarmal zusammen Golf gespielt. Sie erschien Vivienne immer sehr nett.

»Hallo«, klang es ihr entgegen.

»Hallo Petra, ich bin es, Vivienne. Ich wollte fragen, ob du vielleicht Lust hast, einen Kaffee mit mir trinken zu gehen?«

Nach einer kurzen Pause, Vivienne dachte schon, dass die Verbindung abgebrochen war, antwortete ihre Gesprächspartnerin schließlich: »Du, Vivi, sei mir nicht böse, aber ich habe im Moment unheimlich viel zu tun.«

»Klar, das verstehe ich doch, aber es muss ja auch nicht heute sein«, antwortete sie, während sie überlegte, was Petra denn zu tun haben könnte. Sie arbeitete nicht und hatte eine ganztägig beschäftigte Putzfrau.

»Ja, aber auch in den nächsten Wochen ist es sehr schlecht. Ich weiß im Moment überhaupt nicht, wo mir der Kopf steht.«

»Okay, ich habe schon verstanden.«

»Jetzt sei doch nicht gleich beleidigt. Ich…«

Aber Vivienne hatte die Antwort nicht abgewartet und nach einem kurzen „Tschüss" aufgelegt. Nun wählte sie die Nummer von Sabine, die auch aus dem Freundeskreis ihres Mannes stammte.

Nach dem zweiten Klingeln wurde das Gespräch angenommen.

»Ja, Schneider.«

»Hallo Sabine, wie geht es dir?«

»Gut, und selbst«, kam die kühle Antwort und Gegenfrage.

»Es geht so. Ich wollte fragen, ob wir beide nicht einmal etwas zusammen unternehmen könnten?«

»Sei mir nicht böse«, erwiderte Sabine geradeheraus. »Wir wissen inzwischen alle, wie es um eure Ehe steht. Auch, dass Andi eine Freundin hat. Da ist es doch absehbar, dass ihr beide euch trennen werdet und ich würde es unter diesen Umständen nicht in Ordnung finden, weiterhin mit dir in Kontakt zu bleiben. Schließlich sind unsere Männer eng befreundet. Verstehe mich bitte nicht falsch, aber......«

Mehr wollte Vivienne nicht hören und beendete auch dieses Gespräch. Unruhig ging sie in dem riesigen Wohnzimmer auf und ab. Verunsichert schaute sie sich in ihrem Reich um. Würde sie ausziehen müssen? Stand ihr überhaupt Unterhalt zu? Sie hatte nach ihrer Ausbildung als Industriekauffrau sofort aufgehört zu arbeiten und geheiratet. Andreas meinte, dass seine Frau es nicht nötig hatte, berufstätig zu sein. Das kam Vivienne zu diesem Zeitpunkt sehr gelegen, da ihr der erlernte Beruf sowieso keine Freude bereitet hatte. Aber nun brach ihr der kalte Schweiß aus, wenn sie an ihre Zukunft dachte. Ihre Eltern waren vor drei Jahren kurz hintereinander gestorben und Geschwister gab es keine. Sollte sie vielleicht…? Nein, das konnte sie doch nicht machen, nach dieser langen Zeit. Doch, sie würde es wagen. Was hatte sie denn schon zu verlieren. Morgen würde sie in Elianes Café gehen. Es musste doch irgendjemand zu finden sein, bei dem sie sich mal so richtig aussprechen konnte.

Café

Tamara eilte auf den Vierertisch gegenüber der Theke zu. Eine der drei Frauen, die dort saßen, hatte schon zum zweiten Mal die Rechnung verlangt. So etwas gab es bei ihr normalerweise nicht. Aber irgendwie fühlte sie sich schon seit Tagen nicht mehr richtig wohl. Was war nur los mit ihr? So etwas kannte Tamara nicht. Etwas schwindelig war ihr auch schon den ganzen Tag. Seit einem halben Jahr, seit Robert und sie zusammen waren, war sie nur glücklich und fühlte sich gesund und munter. Robert war der Besitzer des Hauses, in dem sich das Café ihrer Freundin Eliane befand. Diese kümmerte sich vormittags um die Gäste und Tamara löste sie mittags ab. Eine Stunde arbeiteten die beiden dann immer zusammen, da auch Mittagstisch angeboten wurde. Eine Person konnte das alleine nicht bewältigen. Nachdem Tamara bei den drei Damen abkassiert hatte und bei den anderen Gästen gerade keine weiteren Wünsche offen waren, ließ sie sich kurz auf dem kleinen Hocker hinter der Theke nieder und grübelte weiter. Sie würde doch nicht krank werden? Doch nicht jetzt, wo Robert mit ihr in den Urlaub fahren wollte. Wohin, das sollte eine Überraschung werden. Sie wurde aus ihren Gedanken gerissen, weil sich die Tür des Cafés öffnete und eine Frau auf den gerade frei gewordenen Tisch zusteuerte. Alle anderen Tische waren besetzt.

Das Café lief hervorragend. Kurz nach der Eröffnung war Eliane schwer erkrankt und hatte es trotzdem geschafft, sich einen guten Ruf aufzubauen. Das war vor allem ihren Freundinnen Rebecca und Klara zu verdanken, die ihr in dieser schweren Zeit geholfen hatten. Die Freundschaft und das Café waren ihnen so wichtig, dass sie auf eine Bezahlung verzichtet hatten.

Tamara steuerte auf den neuen Gast zu und blieb mitten im angefangenen Satz stecken. »Hallo, was kann ich Gutes für ...« Ihr verschlug es regelrecht die Sprache. Das konnte doch jetzt nicht wahr sein. Was machte denn diese eingebildete Person hier? Das Café war doch nie gut genug für sie gewesen. Und wie sah die frühere Freundin überhaupt aus? Die langen blonden Haare hingen strähnig und fettig an ihr herunter. Vivienne war leichenblass und wenn sie früher schlank gewesen war, war sie jetzt einfach nur dürr. Das alles ging Tamara blitzschnell durch den Kopf. Als sie sich wieder gefangen hatte, sagte sie frostig: »Was willst du denn hier?«

»Bitte Tamara, lass uns miteinander sprechen. Es geht mir nicht gut. Ich brauche deine Hilfe. Denk doch an unsere Freundschaft.«

»Das fällt dir aber früh ein«, entgegnete Tamara bitter. »Also, außer Kaffee und Kuchen oder etwas anderes zum Essen kann ich dir nichts bieten.«

Sprachlos sah Vivienne ihre damalige Freundin an. So kannte sie diese nicht. Früher war Tami immer hilfsbereit gewesen. Sie hatte Vivienne immer bewundert und ihr nie widersprochen. Bis zu dem Zeitpunkt, wo sie sich von ihr abgewandt und sich für die Freundschaft mit Eliane entschieden hatte. Entsetzt schaute sie Tamara an. Ein paar Tränen liefen ihr die Wangen hinunter. Dann gab sie sich einen Ruck, erhob sich und meinte: »Okay, ich habe verstanden. Ich brauche nichts zum Essen«, und verließ wortlos das Café.

Eliane kam pünktlich um 12 Uhr, um Tamara abzulösen. Sie hatten heute ihre Arbeitszeiten getauscht, da sie am Vormittag einen wichtigen Termin gehabt hatte. »Hi, Tami, wie siehst du denn aus?«, begrüßte sie ihre Freundin. »Geht's dir nicht gut?«

»Hallo Eli, doch, alles in Ordnung.«

Weiter kamen die beiden nicht, da um die Mittagszeit immer viel los war.

»Tisch vier hat einmal die Maultaschen und zweimal den Wochensalat bestellt. Die haben gesagt, sie haben es eilig«, zischte Tamara noch im Vorbeigehen ihrer Freundin zu. »Heute ist ein schlimmer Tag. Niemand hat Zeit. Alle sind genervt.«

Irritiert sah Eliane sie an. Solche Beschwerden kannte sie so gar nicht von Tamara. »Du siehst gestresst aus. Komm, ich mach das. Schau du nach den anderen Gästen. Tisch zwei will bezahlen.«

Nachdenklich ging Eliane in die kleine Küche hinter der Theke und fing an die Salate zu richten. Natürlich war alles vorbereitet. Zu den drei üblichen Gerichten, die alle vier Wochen wechselten, gab es immer noch ein weiteres Essen, nur für jeweils eine Woche. Dieses Mal handelte es sich dabei um einen Salat mit Hähnchenstreifen.

Erst um 13 Uhr, als Tamara sich verabschieden wollte, war es etwas ruhiger. Eliane hielt sie am Arm fest und meinte: »Jetzt sag schon, was ist los? Es stimmt doch was nicht mit dir.«

Seufzend erwiderte ihre Freundin: »Dann komm halt kurz nach hinten, ich erzähle es dir.«

Eliane folgte ihr kopfschüttelnd in den kleinen Aufenthaltsraum, der sich links am Ende der Theke befand. Sie setzten sich auf das kleine Sofa, das für zwischendurch zum Ausruhen diente, und Eli wartete geduldig, bis ihre Freundin loslegte: »Ja, du hast Recht. Es geht mir heute nicht besonders. Ich weiß auch nicht, was los ist und hoffe, dass ich nicht krank werde. Du weißt ja, dass wir in den Urlaub wollen. Darauf freuen wir uns schon so lange. Was mich aber auch beschäftigt, ist, dass Vivienne da war.«

»Waaas«, fragte Eliane gedehnt. »Unsere Vivienne?«

»Ja, genau, unsere alte Freundin«, antwortete Tamara sarkastisch.

»Und? Was wollte sie?«

»Keine Ahnung. Sie sah ziemlich fertig aus, das muss ich schon sagen. Blass, rote Augen und klapperdünn und…«

»Ja, aber sie war doch nicht einfach hier zum Kaffeetrinken. Oder?«

»Ich weiß es nicht. Wohl eher nicht.«

»Wie, du weißt es nicht?«

»Sie wollte mir irgendwas sagen.«

Langsam wurde Eliane ungeduldig. »Jetzt rede halt endlich. Ich muss wieder raus. Bestimmt wollen einige bezahlen, weil ihre Mittagspause bald vorbei ist.«

»Es hat mich nicht interessiert«, entgegnete ihre Freundin barsch.

Entsetzt schaute Eliane sie an. Das passte gar nicht zu ihrer Tami, die immer überall helfen wollte.

»Wie, du hast sie dann einfach so gehen lassen?«

»Ja.« Beschämt senkte Tamara den Kopf. »Es tut mir jetzt auch leid. Aber was soll ich denn nun machen. Heute war mir irgendwie alles zu viel und ich habe so schlechte Erinnerungen an die Zeit von damals.«

Einen Moment lang sagte die Freundin gar nichts, schaute dann Tamara nachdenklich an, legte ihr die Hand auf ihre Schulter und entgegnete: »Jetzt geh zuerst mal nach Hause und ruh dich aus. Ich werde Vivienne anrufen. Irgendwo muss ich ihre Telefonnummer noch haben.«

»Würdest du das wirklich tun?«, seufzte Tamara erleichtert auf. »Obwohl sie dich damals so im Stich gelassen hat?« Es fiel ihr ein Stein vom Herzen.

»Klar, das ist Schnee von gestern.«

Die Freundin umarmte Eliane heftig, drehte sich herum und verließ, nachdem sie ihre Tasche aus dem kleinen Schränkchen geholt hatte, eiligst den Raum.

Seufzend ging Eliane zurück ins Café. Es waren wieder neue Gäste gekommen, einige wollten noch etwas bestellen, andere bezahlen. Langweilig wurde es ihr an diesem Nachmittag nicht.

Sie kam erst abends wieder zum Nachdenken.

Eliane

Als Eliane zu Hause ankam, eilte sie zunächst in die Küche, wo ihr Mann gerade einen Salat zubereitete, umarmte ihn stürmisch und drückte sich ganz fest an ihn.

»Hoppla, womit habe ich das verdient«, rief Timo überrascht aus.

»Na, du tust gerade so, als ob ich dich sonst nie beachten würde«, kam die gespielt empörte Antwort. »Ich bin so froh, dass ich dich habe«, fuhr sie fort.

Timo löste sich aus der Umarmung und schaute seine Frau nachdenklich an. »Was ist los?«

»Ach ich weiß auch nicht. Heute war ein hektischer Tag. Außerdem war Tamara schlecht drauf. Sie sieht irgendwie krank aus. Ich hoffe ihr fehlt nichts Ernstes. Tami hat sich doch so auf den gemeinsamen Urlaub mit Robert gefreut. Und, sie hat mir erzählt, dass heute Morgen Vivienne im Café erschienen ist. Und die muss ziemlich übel ausgesehen haben. Wenn Vivi zu uns ins Café kommt... ich weiß gar nicht, was ich davon halten soll. Die hochmütige, eingebildete Vivienne. Die hat das Café doch bisher nur von oben herab betrachtet. Also irgendetwas stimmt da nicht.

Da muss ich mich mal drum kümmern. Tamara hat sie anscheinend ziemlich übel abgefertigt und hatte keine Lust sich mit ihr auseinanderzusetzen, nach allem was sie oder besser gesagt wir, mit ihr damals erlebt haben. So kenne ich Tami gar nicht, aber ich schreibe das ihrem heutigen schlechten Zustand zu. Auf jeden Fall werde ich Vivienne anrufen und schauen, was da los ist.«

»Okay«, antwortete Timo. »Das spricht für dich. Ich weiß ja, dass du überall helfen möchtest, wo Not am Mann ist. Das liebe ich an dir.«

Timo küsste Eliane zärtlich, bevor er weitersprach. »Ruf sie an, aber lass uns bitte zuerst das Wichtigste besprechen, nämlich, was wir fürs Café bestellen müssen. Wir brauchen Lebensmittel. Und dann wollte ich eigentlich gerne mit dir unseren gemeinsamen Urlaub planen.«

»Einverstanden, dann machen wir das gleich. Oder gibt es da auch noch andere Sachen, die du an mir liebst?«, fragte sie verführerisch.

»Na klar doch«, antwortete er und kam langsam auf Eliane zu.

»Vivienne kann ich auch morgen oder übermorgen anrufen«, brachte sie gerade noch heraus und war froh, diesen Anruf noch etwas hinausschieben zu können.

Aber dann war die nächsten Tage doch so viel los, dass ihr Vorhaben erst einmal in Vergessenheit geriet.

Tamara

Tamara war noch kurz in den kleinen Feinkostladen gegangen, der sich ebenfalls in der Hohlstraße befand, um frische Lebensmittel für das Abendessen zu besorgen. Nun schloss sie die Haustür direkt neben Elianes Café auf. Das komplette Gebäude gehörte ihrem Freund Robert. Er hatte die unteren Räume vor zwei Jahren an Eliane vermietet. Oben angekommen wurde die Tür von ihm aufgerissen, bevor sie den Schlüssel überhaupt ins Schloss stecken konnte.

Er strahlte Tamara an. Robert liebte seine Freundin über alles. Früher war eine feste Beziehung für ihn nicht in Frage gekommen, aber vor einem halben Jahr hatte es ihn wie aus heiterem Himmel erwischt. Damals konnte er das nicht gleich einordnen und hatte gedacht, er würde Tamara einfach nur gerne mögen. Dass da mehr war, wollte er sich schon gar nicht eingestehen. Das hatte auf Gegenseitigkeit beruht. Auch sie hatte sich selbst belogen in Bezug auf ihre Gefühle für ihn. Außerdem war sie zu diesem Zeitpunkt noch verheiratet gewesen. Erst als ihre Ehe immer unglücklicher wurde und es sich herausstellte, dass ihr Mann homosexuell war und einen Freund hatte, gestand sie sich ihre Liebe zu Robert ein. So kam es zu einem Happy End. Beide konnten sich kein Leben ohne den anderen vorstellen. Sie waren das perfekte Paar.

Nun schaute er sie an und sagte: »Was schnaufst du denn so. Die paar Treppen nimmst du doch sonst mit links und heiß ist es auch nicht. Wir haben gerade mal März und es hat angenehme Temperaturen.«

»Ich habe keine Ahnung, was los ist, hoffentlich werde ich nicht krank«, äußert sich Tamara zurückhaltend. »Schließlich möchten wir in den Urlaub fahren. Ich bin ja schon so gespannt, wo es hingeht bei deiner Überraschungsreise.«

Sie strahlte Robert aber nun doch an.

»Ach, das wird schon. Ruh dich einfach ein bisschen aus«, sagte er, nahm ihr die Einkaufstasche aus der Hand, nickte ihr aufmunternd zu und ging in die Küche, um sich an die Arbeit zu machen.

Robert kochte sehr gerne und Tamara genoss es, wenn sie abends müde von der Arbeit nach oben kam und sich um nichts mehr kümmern musste. Dann war meistens schon alles fertig und sie verbrachten den Abend gemeinsam bei einem gemütlichen Abendessen. Anschließend saßen die beiden noch lange zusammen. Mehr brauchten sie im Moment überhaupt nicht.

Tamara ließ sich aufs Sofa fallen und seufzte leise, als ihr einfiel, dass sie sich heute Morgen hatte übergeben müssen. Normalerweise war sie überhaupt nicht anfällig für solche Magen-Darm Sachen. Das würde hoffentlich schnell vorübergehen. Sie war noch sehr vorsichtig mit ihren Zukunftsplänen. In Bezug auf ihre Beziehung konnte sie ihr Glück doch immer noch nicht fassen und hoffte, dass es nicht irgendwann wie eine Seifenblase platzen würde.

Wenigstens nimmt mir Eliane das Telefongespräch mit Vivienne ab, grübelte Tamara weiter. Das hätte mir gerade noch gefehlt, mich um diese Schnepfe zu kümmern, dachte sie noch, bevor ihr die Augen zufielen.

Robert schaute fünfzehn Minuten später ins Wohnzimmer und stellte fest, dass seine Freundin tief und fest eingeschlafen war. Nun machte er sich langsam doch Sorgen, denn normalerweise konnte Tami tagsüber nicht zur Ruhe kommen, dafür schlief sie aber in der Nacht wie ein Stein. Er hatte sie deshalb schon oft beneidet, da er meistens viel Zeit benötigte, um einzuschlafen, vor allem, wenn er geschäftlich unterwegs gewesen war. In seinem Beruf als Versicherungsvertreter hatte er ständig mit Leuten zu tun, so dass er abends meistens ziemlich aufgekratzt war.

Leise ging er nun zurück in die Küche, um den Salat anzumachen. Anschließend begann er geräuschlos den Tisch zu decken, damit seine Freundin nicht aufwachen würde und noch ein paar Minuten länger schlafen konnte.

Die Wohngemeinschaft

Klara saß auf der nicht mehr ganz neuen Couch im gemeinsamen Wohnzimmer der WG. Sie und ihre Freundin Rebecca hatten das alte Sofa mit einem bunten Überwurf verziert, so dass es richtig gut aussah. Sie dachte an ihren Mitbewohner Klaus. Heute würde sie ihn zum gefühlt hundertsten Mal fragen, ob er sie zum Stammtisch ins Café begleiten würde. Dort traf Klara jeden Freitag ihre Freundinnen; Eliane, Tamara und Rebecca. Elianes Ehemann Timo, ihre Mutter Brigitte, die seit einiger Zeit auch ihren Lebensgefährten mitbrachte, und natürlich auch Tamaras Verlobter Robert, waren auch meistens dabei.

An diesen Abenden wurden dann immer die Probleme der vergangenen Woche besprochen, aber manchmal wurde auch einfach nur rumgealbert. Der Freundeskreis verbrachte harmonische Freitagabende im Café. Wenigstens lief das meistens so ab.

Klara hatte Klaus schon mehrfach gefragt und jedes Mal hatte er versprochen, bald mitzugehen. Schließlich hatte er dann immer kurzfristig abgesagt. Was der Grund dafür war, wusste sie nicht.

Dachte er vielleicht, dass sie etwas mit ihm anfangen wollte? Aber außer Freundschaft hatte sie nichts im Sinn. Vielleicht sollte sie ihn mal darüber aufklären und ihm sagen, dass sie ihn einfach nur gut leiden konnte. Nicht mehr und nicht weniger. Eventuell würde er dann ja mitgehen. Überhaupt wusste sie nicht allzu viel über ihn. Meistens war er verschlossen. Aber er hatte auch schon schöne Gespräche mit ihr geführt und sie aufgebaut, in Zeiten, in denen es ihr nicht gutgegangen war. Nur sobald sie etwas von ihm erfahren wollte, machte er total dicht. Was er wohl für Leichen im Keller versteckt hatte? Während sie noch darüber grübelte, öffnete sich die Wohnzimmertür und er trat ein. Klara packte gleich die Gelegenheit beim Schopf und sagte: »Hi Klaus, ich wollte dich fragen, ob du heute Abend zu unserem Treffen mitkommst?«

Diesem Blick konnte Klaus nicht widerstehen und er sagte ohne zu überlegen: »Okay, mache ich. Wann geht's denn los?«

Klara konnte ihr Glück kaum fassen und strahlte übers ganze Gesicht.

»20 Uhr.« In ihrem Bauch wirbelten…. - ja was war das überhaupt? Das konnten doch keine Schmetterlinge sein. Schließlich empfand sie nur Freundschaft für Klaus.

»Geht klar«, entgegnete er. »Ich muss jetzt noch kurz was erledigen.«

Mit einem Blick auf seine Armbanduhr stellte er fest, dass es 17 Uhr war und er noch genügend Zeit hatte, es sich gegebenenfalls auch noch anders zu überlegen, so wie er das in den letzten Wochen immer getan hatte.

»Ich freue mich«, antwortete seine Mitbewohnerin fröhlich. »Lass uns einfach kurz vor acht losgehen. Sind ja nur ein paar Schritte bis zum Café.«

»Das geht in Ordnung«, stimmte er zu und verließ das Zimmer. Ihm wurde klar, dass er dieses Mal nicht absagen konnte. Da wäre einfach nicht fair. Eigentlich wollte er die gemeinsame Wohnung gerade verlassen, aber nun musste er doch noch einmal zurück in sein Zimmer. Er setzte sich auf sein Bett, schlug die Hände vors Gesicht und dachte, was habe ich jetzt schon wieder gemacht?«

Er hatte einfach nicht nein sagen können, als er Klaras hoffnungsvolles hübsches Gesicht angesehen hatte. »Ich weiß nicht, wie das weitergehen soll.

Ich mag Klara sehr und möchte ihr diesen Stress ersparen, den ich in meinem Leben habe. Nicht, dass ich mich noch in sie verliebe«, murmelte Klaus vor sich hin. Er gestand sich ein, dass er auf dem besten Weg dazu war. Aber in seinem Leben war nun mal kein Platz für eine Frau. Er stritt mit seiner Ex seit mehreren Monaten über das gemeinsame Kind. Er hatte damals erst von der Schwangerschaft erfahren, als sie sich schon getrennt hatten.

Die Trennung trug ihm seine Verflossene immer noch nach.

Dabei wollte er einfach nur regelmäßig Zeit mit Semira verbringen. Die sechsjährige Tochter war sein ganzes Glück.

Nachdem Sabine ihm erst nach der Geburt der Kleinen gebeichtet hatte, dass er der Vater war, hatte sie mit sich reden lassen und er durfte sie ab und zu sehen. Er vermutete, dass seine Ex es genoss, ihn dadurch in der Hand zu haben. Sie verzichtete auf Unterhalt, damit er keinen Anspruch auf sein Mädchen hatte. Das wollte er nun ändern, notfalls vor Gericht. Und in diesen Rosenkrieg wollte er nun wirklich niemanden mit hineinziehen. Er würde heute Abend zwar mit Klara zu diesem Stammtisch gehen, dann aber in Zukunft auf Abstand zu ihr gehen. Er musste also heute die Zähne zusammenbeißen und gute Miene zum bösen Spiel machen. Das müsste doch möglich sein. Schließlich war er kein verliebter Teenager mehr.

Kurz entschlossen erhob er sich, um seinem Anwalt noch einen kurzen Besuch abzustatten und Nägel mit Köpfen zu machen.

Er würde sich das regelmäßige Besuchsrecht für seine Tochter beschaffen. Ja, das würde er!

Stammtisch

Es war noch nicht mal 20 Uhr, als die Clique schon fast komplett versammelt im Café saß. Sogar der Lebensgefährte von Elianes Mutter war dabei. Jedes Mal kam er nicht mit, aber in letzter Zeit immer häufiger. Hermann fühlte sich wohl in dieser Runde. Plötzlich wurde die Tür aufgerissen und eine strahlende Klara trat ein, im Schlepptau ihren Mitbewohner. Überrascht schauten alle Anwesenden zum Eingang. Vor allem Rebecca entgleisten regelrecht die Gesichtszüge, denn sie hatte nicht geglaubt, dass Klaus es wahrmachen und mit zum Stammtisch kommen würde.

Nachdem sich alle freudig begrüßt und die Neuankömmlinge sich ebenfalls niedergelassen hatten, schaute Eliane, die neben Klaus saß, ihn kurz verstohlen von der Seite an und dachte, der sieht echt sympathisch aus. Sie hatte ihn noch nie richtig gesehen, immer nur im Vorbeihuschen, wenn sie mal in der WG gewesen war. Vor allem fiel ihr Klaras glückliches Gesicht auf. Da war doch was im Busch. Sie wünschte ihrer Freundin alles Glück der Welt, genauso wie die anderen Anwesenden auch. Sie war lange alleine gewesen und so ein guter Mensch - immer für alle da.

Hoffentlich erwidert er ihre Gefühle, denn dass sie bis über beide Ohren verliebt ist, das ist nicht zu übersehen, sinnierte Eliane weiter.

Schließlich wandte sie sich wieder den anderen zu, schaute Tamara an, schlug sich mit der Hand an die Stirn und stöhnte: »Du liebe Zeit, ich habe total vergessen, Vivienne anzurufen. Ich muss das morgen gleich nachholen.«

Erschrocken sah ihre Freundin sie an und meinte: »Mist, es tut mir inzwischen auch leid, wie ich sie behandelt habe. Machst du das dann morgen? Oder soll ich doch selbst anrufen?«, fragte sie zurückhaltend. Tamara war immer noch sehr blass. Eliane machte sich ernsthaft Sorgen und antwortete: »Nein, lass mal gut sein. Bereite du dich auf euren Urlaub vor. Ich mache das schon. Es war nur so viel los in den letzten Tagen«, entschuldigte sie sich und schaute in die Runde. »Gibt es sonst noch was Neues?«

Rebecca drückste kurz herum und meinte dann zögernd: »Ich habe es schon ein paar Mal erwähnt, aber ihr tut das einfach immer ab. Aber es ist nun mal so, dass ich mich verfolgt fühle und Angst habe. Ich glaube nach wie vor, dass Matthias mich stalkt.« Sie war im letzten Jahr ein paar Wochen mit ihm zusammen gewesen und als sie gemerkt hatte, wie krankhaft eifersüchtig er war und sie mit niemandem teilen wollte, hatte sie die Beziehung kurzerhand beendet. Und nun fühlte sie sich verfolgt. Es hatte auch schon drei unangenehme Zusammentreffen mit ihm gegeben, bei denen er ihr gedroht hatte, sie nicht in Ruhe zu lassen, weil er sie lieben würde, wie er bekräftigend betonte. Die Freunde hatten das bis jetzt nicht ernst genommen und auch jetzt herrschte erst einmal Schweigen.

Deshalb schaute sie empört um sich. Robert meinte nachdenklich: »Dann müssen wir dem netten Kerl wohl mal sagen, wo es langgeht. Ich habe da eine Idee. Mein Freund Ralf hat im Moment etwas Zeit. Du hast ihn ja kennengelernt, Rebecca.« Er schaute in ihre Richtung.

»Vielleicht könnt ihr ein Paar spielen, damit er es endlich kapiert. Außerdem kann er ihn dann in seine Schranken weisen, wenn er euch über den Weg läuft.«

»Das wäre super, wenn er das tun würde. Ich wäre sehr dankbar dafür«, entgegnete sie erleichtert.

»Okay, dann rede ich mit ihm und melde mich nächste Woche bei dir. Vielleicht auch schon am Wochenende.«

»Und wir«, warf Elianes Mutter Brigitte ein und schaute ihren Hermann verliebt an, »fliegen nächste Woche auf die Malediven.« Dieser nickte bekräftigend und alle anderen waren sprachlos. Schließlich erhob sich ein Stimmengewirr.

»Das ist ja toll! Wahnsinn. Das habt Ihr uns gar nicht erzählt.«

»Man gönnt sich ja sonst nichts«, entgegnete Robert grinsend.

Die anderen fingen an zu kichern und der Abend ging entspannt weiter. Auch Rebecca hatte sich wieder beruhigt und freute sich darauf, dass sie nun endlich Hilfe bekommen würde. Klaus schien sich ebenfalls in der Runde wohlzufühlen und Rebecca und Eliane bemerkten mit Freude, wie er Klara manchmal von der Seite aus ansah. Sie hatten sich also nicht getäuscht. Da war etwas, was die beiden verband.

Gefühle

Klaus und Klara traten den Heimweg an. Die beiden schienen es nicht eilig zu haben. Langsam schlenderten sie dahin. Klara holte tief Luft und meinte: »Ist es nicht herrlich? Ich liebe diese Abendluft.«
»Doch, es ist wunderbar«, entgegnete Klaus lächelnd.

Vor dem Mehrfamilienhaus in der Hohlstraße angekommen, schloss Klaus die Tür auf und ließ Klara den Vortritt. Oben im zweiten Stock betraten sie schweigend die Diele und standen sich nun verlegen gegenüber. Gleichzeitig fingen beide an zu sprechen und mussten darüber lachen.
Plötzlich, einer Eingebung folgend, legte Klaus seiner Mitbewohnerin die Hand auf die Schulter, sah sie schweigend an und zog sie ganz nah zu sich heran, so dass ihre Gesichter nur wenige Zentimeter voneinander entfernt waren. Es herrschte eine Stille, dass man eine Stecknadel hätte fallen hören können. Nun konnte sich Klara nicht mehr beherrschen. Sie presste ihren Mund auf seine Lippen. Er drückte sich fest an sie und erwiderte voller Verlangen ihren Kuss. Klara, die spürte, wie erregt Klaus war, stöhnte auf. Aber dann schob er seine Mitbewohnerin ohne Vorwarnung sanft von sich

weg, sah sie mit traurigem Blick an und sagte: »Tut mir leid, das geht nicht«, wandte sich ab und verschwand in seinem Zimmer.

Vollkommen verstört sah sie ihm nach. Was war das jetzt? Sie wusste gar nicht, wie es überhaupt so weit kommen konnte. Es war überwältigend schön gewesen und nun ließ er sie einfach stehen. Ganz kurz kam Wut in ihr auf. Dieses Gefühl kannte die sanfte Klara normalerweise überhaupt

nicht. Aber dann machte sich nur noch eine tiefe Traurigkeit in ihr breit.
Mit gesenkten Kopf ging sie ins Bad und richtete sich für die Nacht. Schließlich verschwand sie in

ihrem Bett. An Schlafen war allerdings nicht zu denken.

Klaus konnte in dieser Nacht ebenfalls kein Auge zu tun. Ständig gingen ihm seine Probleme durch den Kopf. Außerdem hatte dieser Kuss ein starkes Verlangen in ihm geweckt. Da war doch mehr als Freundschaft und das gefiel ihm überhaupt nicht. So konnte er sich nicht auf seine Tochter und auf den Streit mit seiner Ex konzentrieren. Im Moment war in seinem Leben einfach kein Platz für eine Frau. Er musste ihr das unbedingt erklären. Es war unfair gewesen, sie einfach so stehen zu lassen. Soweit hätte es sowieso gar nicht kommen dürfen, das war ihm klar. Morgen würde er mit ihr reden, das nahm sich Klaus fest vor.

Vivienne

Vivienne saß mit angezogenen Beinen auf dem Sessel in ihrem modernen Wohnzimmer. Sie hörte, wie der Schlüssel an der Wohnungstür im Schloss herumgedreht wurde. Überrascht sah sie auf, denn normalerweise kam ihr Mann um diese Zeit nicht nach Hause. Schließlich war es erst 17 Uhr. Fragend schaute sie ihn an, als er den Raum betrat, im Schlepptau eine Blondine, die mindestens zehn Jahre jünger war. Anstelle von „Hallo", sagte er missmutig: »Was machst du denn hier?«
»Entschuldige mal, ich wohne hier«, antwortete sie verunsichert.
»Bist du um diese Zeit nicht beim Tennis spielen?«
»Nein, bin ich nicht. Es will niemand mehr mit mir spielen, seit du dich von mir, mehr oder weniger, getrennt hast.«
»Ah, supi«, mischte sich die Blondine ein. »Dann hast du ja schon alles geklärt.«
Verwirrt schaute Andreas seine Begleiterin an.
»Nichts ist geklärt. Verlasse bitte sofort unser Haus. Du hast hier nichts zu suchen«, blaffte Vivienne die Geliebte ihres Mannes an und warf ihr vernichtende Blicke zu.

»Jetzt mach mal halblang«, wies Andreas seine Frau in die Schranken und legte den Arm um Anita, wie sich die etwas magersüchtig aussehende junge Frau nannte.

»Im Grunde hat Nita ja recht. Es ist alles geklärt. Du kannst dich langsam nach einer Wohnung umschauen. Wir wollen dich hier nicht mehr.«

Fassungslos schaute Vivienne ihren Mann an. Sie glaubte, sich verhört zu haben. Bis jetzt hat er sie zwar nicht mehr beachtet, aber noch nie mit seiner Schlampe konfrontiert. Und auch noch nie direkt von Trennung gesprochen. Nun drückte sie sich wortlos an den beiden vorbei und ging die Treppe nach oben in ihr eigenes Schlafzimmer. Sie schliefen schon seit längerem in getrennten Zimmern. Es gab keine Zärtlichkeiten und keinen Sex mehr in ihrem gemeinsamen Leben. Sie hatten sich arrangiert und das war solange gut gewesen, wie Andreas sie respektiert hatte. Aber jetzt behandelte er sie wie ein lästiges Überbleibsel und warf sie sogar aus ihrem gemeinsamen Haus.

Das war zu viel.

Verzweifelt warf sie sich auf ihr Bett und weinte sich in den Schlaf.

Nach ungefähr einer Stunde, wachte Vivienne auf und setzte sich auf den Bettrand. Sie hatte vollkommen das Zeitgefühl verloren.

Langsam kam sie zu sich. Die vielen Tränen und das Grübeln ließen einen Entschluss in ihr reifen. Da es in ihrem Leben überhaupt niemanden mehr gab, der sie gern hatte oder liebte, würde sie dem allem ein Ende bereiten. Es galt nur noch zu überlegen, auf welchem Wege sie sich umbringen würde. Das musste gut geplant sein. Schließlich kam es da nicht auf ein oder zwei Tage an.

Entschlossen erhob sie sich, öffnete die Schlafzimmertür leise und horchte, ob im Haus Geräusche zu hören waren. Da alles ruhig war, schlich sie sich nach unten. Nachdem sie festgestellt hatte, dass Andreas mit seiner Errungenschaft das Haus verlassen hatte, ließ sie sich mit ihrem Laptop auf der Couch nieder und recherchierte über den perfekten Selbstmord.

Der Plan

Rebecca saß in einem kleinen Bistro mitten in der Innenstadt und wartete ungeduldig auf Ralf, den Freund von Robert. Sie hatten sich verabredet, um einen Plan auszuhecken, wie Rebecca ihren Ex-Freund Matthias loswerden konnte. Um 20 Uhr waren die beiden verabredet gewesen. Nun war es schon fünf Minuten danach. Es war nicht Rebeccas Stärke auf andere zu warten. Aber schließlich tat Ralf ihr einen Gefallen und nicht umgekehrt. Ungeduldig schaute sie zum gefühlt hundertsten Mal auf die Uhr, als sich die Tür öffnete und Ralf das Lokal betrat. Sie hatte ihn schon drei oder vier Mal gesehen, aber wirklich kennen, konnte man das nicht nennen. Zielstrebig eilte er auf den kleinen runden Tisch zu, der sich in einer Nische befand. Nachdem er Rebecca zur Begrüßung umarmt und ihr jeweils ein Küsschen rechts und links auf die Wangen gegeben hatte, ließ er sich ihr gegenüber nieder. Von der vertraulichen Umarmung war sie etwas überrascht, da sie sich nur flüchtig kannten. Allerdings empfand sie eine tiefe Sympathie für ihn. Vor allem bemerkte sie heute zum ersten Mal, wie wahnsinnig gut Ralf aussah, um sich aber gleich wieder zur Vernunft zu rufen.

Sie wollte jetzt nicht gleich ins nächste Unglück rennen. Nein, das war natürlich Quatsch. Das würde sie nicht tun. Als sich Rebecca wieder einigermaßen gefangen hatte, sagte sie: »Ich bin dir sehr dankbar, dass du mir helfen wirst. Ich weiß einfach nicht mehr weiter.«

»Okay, wir kriegen das schon hin«, sagte er mit seinem unwiderstehlichen Lächeln, das Rebecca etwas verlegen machte. Normalerweise war sie nicht auf den Mund gefallen, aber im Moment war es ihr nicht möglich einen klaren Gedanken zu fassen. Um Himmels willen, so konnten sie doch keinen Plan aushecken.

Seine Stimme riss sie aus ihren Gedanken: »Erzähl mal, wie oft lauert er dir auf? Was macht er dann? Was sagt er?«

»Also, eigentlich fast jeden Tag, außer montags, so wie heute, da bin ich relativ sicher vor ihm, denn da ist er in der Sauna. Deshalb wollte ich mich auch heute mit dir treffen. Ansonsten habe ich das Gefühl, dass er ständig vor meiner Haustür steht und nur wartet, bis ich rauskomme.

Da ich außer meiner Arbeit kaum feste Termine habe, gehe ich absichtlich unregelmäßig weg und auch gar nicht so oft. Aber immer, wenn ich das

Haus verlasse, kommt er irgendwo hergerannt, fasst mich am Arm und reißt mich herum.

Er sagt mir dann, dass er ohne mich nicht leben kann und dass wir zusammengehören. Wenn ich mich dann losreiße und davonrenne, ruft er mir hinterher: »Du wirst schon noch zur Vernunft kommen, dafür werde ich sorgen. So läuft das meistens ab.«

Ralf hatte aufmerksam zugehört und äußerte sich nun: »Ich kann verstehen, dass dich das zum Wahnsinn bringt.«

»Nicht nur zum Wahnsinn, ich habe regelrecht Angst vor ihm. Ich traue ihm wirklich inzwischen einiges zu. Die anderen nehmen mich nicht für voll. Die glauben mir das einfach nicht, aber ich bin total verzweifelt.«

»Okay«, unterbrach Ralf seine Begleiterin. »Weißt du, wann und wo er sich zu einem bestimmten Zeitpunkt aufhält?«

»Nun, ab und zu geht er mittwochs zu seinem Lieblingsitaliener in der Stadt, aber nicht jeden Mittwoch. Aber wenn, dann immer um 19 Uhr. Das ist ihm ganz wichtig, weil er später nicht essen möchte.«

»Dann müssen wir das einfach versuchen. Ich schlage Folgendes vor. Wir gehen gleich übermorgen dorthin. Wir schlendern Hand in Hand in das Restaurant, setzen uns an einen Tisch und wenn er uns anspricht, werde ich ihm die Meinung sagen. Das wäre ein Versuch wert. Was meinst du?«

»Da ich sonst keine andere Möglichkeit sehe, lass uns das so machen«, nickte sie zustimmend.

Vorhin, nachdem Ralf eingetroffen war, hatten sie nur Mineralwasser bestellt, deshalb meinte er nun: »Lass uns noch was Richtiges trinken und auf unseren Deal anstoßen.«

Rebecca wollte eigentlich einen klaren Kopf behalten, ließ sich schließlich aber doch überreden und sie bestellten zwei Gläser Prosecco.

Nach dem Anstoßen unterhielten sie sich.

Rebecca musste feststellen, dass man wunderbar mit Ralf sprechen konnte. Zuvor war ihr gar nicht aufgefallen, was für einen tollen Freund Robert hatte. Wie konnte sie nur so blind gewesen sein. Aber sie war geheilt und wollte keine Beziehung mehr. In nächster Zeit zumindest nicht. Da war nur der Wunsch, ihren Ex-Freund loszuwerden. Die beiden bestellten noch ein zweites und ein drittes Glas Prosecco und die Stimmung wurde immer ausgelassener.

Inzwischen kicherten sie schon über Nichtigkeiten, als Rebecca schließlich auf die Uhr schaute und meinte: »Ach du liebe Zeit, es ist schon 22.30 Uhr. Ich muss nach Hause. Morgen früh um sechs ist die Nacht für mich rum.«

Ralf nickte und rief die Bedienung zum Bezahlen. »Ich lade dich ein«, meinte er und ließ sich nicht beirren. Schließlich verließen sie in bester Stimmung das Lokal. Plötzlich blieb Rebecca abrupt stehen und hätte fast einen Passanten umgerannt. Als Rebecca erkannte, um wen es sich handelte, rief sie erschrocken: »Ach du liebe Zeit, Matthias, was machst du denn hier?«

Ralf reagierte sofort, denn ihm war klar, dass es sich um den Exfreund handeln musste. Kurzentschlossen legte er den Arm um Becca und sagte: »Schatz, schau doch wo du hinläufst.«

»Ja, entschuldige«, stotterte sie irritiert. Sie fasste sich schnell wieder und fuhr fort: »Es tut mir leid, aber wir müssen jetzt wirklich schnell nach Hause. Matthias, du entschuldigst uns.«

»Was soll denn das werden? Seit wann hast du denn einen neuen Freund? Das kann doch nicht wahr sein. Das hätte ich doch merken müssen.«

»Es war wie ein Blitzschlag. Uns hat es voll erwischt«, antwortete Rebecca und schmiegte sich an ihren Begleiter. »Aber da du uns jetzt nun schon mal getroffen hast, stelle ich euch vor. Das ist Ralf, mein neuer Lebensgefährte. Wir ziehen bald zusammen. Und das ist Matthias, mein Ex, der mich nicht in Ruhe lassen möchte.«

Ralf stellte sich drohend vor ihm auf. »Und das war es jetzt. Ab jetzt lässt du meine Freundin in Ruhe. Verstanden?«

Dieser wich einen Schritt zurück, entgegnete dann aber wütend: »Das wird sich noch zeigen. So ein Quatsch. Rebecca gehört zu mir.« Nach diesen Worten, drehte er sich abrupt um und ging mit eiligen Schritten davon. Rebecca war inzwischen ganz blass und sagte: »Das gibt es doch gar nicht.«

»Na, wenigstens haben wir das jetzt schnell erledigt«, grinste Ralf. »Dem haben wir es aber gezeigt. Nun können wir nur abwarten, was passiert.«

»Okay.« Rebecca hatte kein gutes Gefühl bei der Sache. »Das ist noch nicht das Ende. Ich glaube, das lässt der nicht so auf sich sitzen. Auf jeden Fall danke ich dir vielmals.« Sie drückte ihm ein Küsschen auf die Wange. Ralf hielt sie kurz fest und sagte: »Ich bringe dich nach Hause. Du kannst jetzt auf keinen Fall alleine gehen.«

Die beiden gingen die paar Straßen zu Fuß und Ralf wartete, bis Rebecca die Haustür aufgeschlossen hatte und im Haus verschwunden war.

Urlaubspläne

Timo saß im Wohnzimmer in seinem Lieblingssessel, ein uraltes Teil, das er zum gemeinsamen Haushalt beigesteuert hatte. Er war noch von seiner Großmutter und er liebte ihn abgöttisch. Der elektrisch bedienbare Liegesessel war aber auch zu bequem. Vor allem konnte man darin wunderbar vor dem Fernseher einschlafen. Eliane belächelte dieses Möbelstück immer etwas, gönnte es ihrem Mann aber. Auf einmal hörte er, wie Eli - so nannten ihre Freunde sie meistens - in der Küche aufschrie: »So ein verdammter Mist.«
Da er solche Wörter nicht von ihr gewohnt war, erhob er sich sofort und eilte zu ihr.
»Was ist los? Ist was passiert?«
»Nichts, mir ist nur die Mehldose aus der Hand geflogen. Jetzt ist der ganze Boden voll mit Mehl. Und überhaupt ist mir gerade eingefallen, dass ich vergessen habe, mich um Vivienne zu kümmern und dann wollte ich noch……« Plötzlich fing Eliane an zu weinen.
»Um Himmels willen«, sagte Timo erschrocken.
»Beruhige dich. Es ist doch alles gar nicht so schlimm. Er nahm seine Frau in die Arme und hielt

sie ganz fest, bis er nach einigen Minuten, in denen sie sich schweigend umarmt hatten, meinte: »Jetzt komm erstmal mit rüber.«

Er zog sie mit sich und die beiden ließen sich auf dem bunten Sofa nieder, das sie für ihre Wohnung ausgesucht hatten. Eliane wischte sich die Tränen ab und seufzte: »Ich weiß nicht, ich fühle mich total ausgepowert. Außerdem wollte ich mich um Vivienne kümmern, weil die am Ende ihrer Nerven war und Tamara sie einfach so weggeschickt hat. Ich hatte mir fest vorgenommen, am nächsten Tag bei ihr anzurufen. Tami tut es ja inzwischen auch leid. Und dann habe ich es total vergessen. Jetzt sind schon wieder mehrere Tage vergangen. Das ist eigentlich der Grund dafür, dass ich so ausgerastet bin, nicht das bisschen Mehl, das ich verschüttet habe. So was bringt mich ja normalerweise nicht aus der Ruhe.« Sie schluchzte auf.

»Das weiß ich doch«, antwortete Timo. »Aber gerade weil das jetzt so ist, mache ich mir eben Gedanken. Ich finde schon seit einiger Zeit, dass du etwas blass um die Nase bist und schnell ausrastest, was normalerweise gar nicht deine Art ist. Du solltest dich nicht ständig überlasten. Sonst bekommst du noch einen Nervenzusammenbruch. Wir haben jetzt auch die ganze Zeit wegen dem Café keinen Urlaub gemacht und ich finde es ist an der Zeit, das nachzuholen.«

»Ja, aber wir können jetzt nicht zumachen. Das weißt du selbst. Wir müssen die ersten vier Jahre überstehen. Gut, es läuft zwar super, aber wir haben auch so viele Anschaffungen gehabt. Du weißt selbst, wir wollten dieses Jahr noch auf den Urlaub verzichten.«

»Ich weiß, aber ich sehe doch, wie fertig du bist und jetzt muss es eine Lösung geben. Klar, Tamara kann nicht dauernd arbeiten und eine Aushilfe ist noch nicht eingearbeitet, aber wir müssen eine Entscheidung treffen. Wir lassen uns das durch den Kopf gehen. Einverstanden? Vielleicht fahren wir einfach mal eine Woche weg. Es muss ja gar nicht weit sein. Vielleicht ins Allgäu oder sonst wohin. Damit wir mal ein bisschen ausspannen können.«

Eliane schaute ihren Mann an. »Wahrscheinlich hast du recht. Wir brauchen auch mal wieder Zeit für uns. Ja, lass uns das so machen. Am Wochenende überlegen wir, wie wir das organisieren.«

Sie ließ ihren Kopf auf Timos Schoß sinken, zog ihre angewinkelten Beine aufs Sofa und war zehn Minuten später eingeschlafen. Timo hatte sie regelrecht in den Schlaf gestreichelt und traute sich nun nicht mehr, sich auch nur einen Millimeter zu bewegen.

Vorsichtig schaltete er mit der Fernbedienung den an der Wand hängenden Flachbildschirm an, konnte sich aber nicht richtig konzentrieren. Er grübelte, weil er sich Sorgen machte. Schließlich war seine Frau schon mal sehr krank gewesen, als sie vor drei Jahren an Brustkrebs erkrankt war. Er musste unbedingt dafür sorgen, dass sie sich ein bisschen Ruhe gönnte. Außerdem konnte es nicht schaden, mal etwas anderes zu sehen. Das würde ihm auch gut tun.

Ab in den Urlaub

Als der Wecker klingelte, sprang Tamara wie gewohnt, voller Elan aus ihrem Bett. Heute war es soweit, sie wollten in den Urlaub fahren. Das war doch ein Grund fröhlich aufzustehen, aber sie schwankte und fiel rückwärts auf ihr Bett zurück. Eine Welle der Übelkeit überrollte sie. Tamara wusste überhaupt nicht, wie ihr geschah. Was um alles in der Welt war das jetzt schon wieder? Langsam richtete sie sich erneut auf und ging vorsichtig, immer noch schwankend, auf die Toilette, wo sie sich sogleich übergeben musste. Sie riss sich zusammen und richtete den Frühstückstisch, wie jeden Morgen, da Robert gerne eine halbe Stunde länger schlief. Als er schließlich auf den Esstisch zusteuerte, saß sie blass und schweigend auf ihrem Platz.

»Hey, Schatz. Was ist los?« Er ging zu ihr und streichelte ihr über die Haare. Um diese Zeit konnte er noch nicht richtig aus den Augen schauen, da er ein Morgenmuffel war und erst einmal Anlaufzeit brauchte.

»Alles gut. Wann fahren wir denn los?«, fragte Tamara.

Robert gähnte ausgiebig.

»Also, ich habe mir überlegt, dass wir uns keinen Stress machen.

Wir machen unsere Tour auf zwei Etappen und heute haben wir nicht viel vor uns. Es reicht, wenn wir gegen Mittag losfahren. Mehr verrate ich aber nicht«, strahlte Robert, nun schon etwas wacher, seine Lebensgefährtin an.

»Okay«, meinte sie und erwiderte: »Dann gehe ich jetzt doch noch zum Arzt. Du wolltest ja, dass ich das mit der Müdigkeit abklären lasse.«

Überrascht sah Robert seine Freundin an. So viel Vernunft hätte er ihr gar nicht zugetraut. Dann musste es ihr schon schlecht gehen. Gleich kam die Sorge wieder auf.

Eine Stunde später saß Tamara im Wartezimmer ihres Arztes, der sich nur ein paar Straßen weiter befand. Da sie keinen Termin hatte, musste sie etwas länger warten. Die Zeit dehnte sich wie Kaugummi. Sie wurde immer nervöser und grübelte. Eigentlich ging es ihr jetzt wieder gut. Wenn nur diese ständige Müdigkeit nicht wäre. Es war ihr aber überhaupt nicht mehr übel, sollte sie vielleicht doch wieder nach Hause gehen und den Arzttermin verschieben? Es gab vor dem Urlaub doch wirklich Wichtigeres zu tun, als hier herum-zusitzen, überlegt sich Tamara gerade, als die Tür aufgemacht wurde und die Arzthelferin ihren Namen rief. Okay, dann galt es „Augen zu und durch". Sie erhob sich und eilte der jungen Frau hinterher ins Sprechzimmer. Unruhig saß sie Doktor Meier gegenüber. Er war ein netter älterer Herr, der sich immer Zeit für seine Patienten nahm. Aufmerksam hörte er auch dieses Mal zu, als Tamara ihm von ihren Beschwerden berichtete. Nachdenklich schaute er sie an.

Ihr wurde schon ganz mulmig zumute. Schließlich sagte der Arzt: »Frau Berger, könnte es sein, dass sie schwanger sind?«

Fassungslos schaute Tamara ihren Gegenüber an und schlug sich mit der Hand gegen die Stirn. Wie konnte sie nur so dumm gewesen sein? Sie war ja schon längst über der Zeit. Obwohl, da war doch was. »Eigentlich nicht«, stotterte sie herum. »Ich hatte meine Periode. Allerdings nur sehr wenig.«

»Das kann vorkommen«. entgegnete Meier lächelnd. »So eine Schmierblutung, das gibt es schon mal.« Nach kurzer Überlegung meinte sie: »Ja, außerdem hätte ich meine Tage schon erneut bekommen müssen. Warum habe ich da bloß nicht dran gedacht. Ach du liebe Zeit«, murmelte sie. »Wie ist das möglich? Wir verhüten doch. Das geht doch jetzt gar nicht.«

»Warum? Passt ein Kind im Moment nicht in ihr Leben?«

»Nein, nicht wirklich. Ich bin mit meinem Freund erst ein halbes Jahr zusammen und glaube nicht, dass er jetzt gleich an Familienplanung denkt.«

»Da sind sie nicht die erste, die vom Leben überrascht wird. und später sind die Frauen alle froh und sagen, dass es das Beste war, was ihnen passieren konnte. Sie nehmen die Pille stimmt´s?«

»Ja, aber ich habe sie einmal vergessen, als ich einen Magen-Darm-Infekt hatte.«

»Beides kann der Grund für eine Schwangerschaft sein. Jetzt gehen Sie erst einmal zum Frauenarzt. Es kann ja auch sein, dass ich mit meiner Vermutung falsch liege. Dann sehen wir weiter. Wenn das der Fall ist, kommen Sie bitte nach Ihrem Urlaub wieder zu mir. Wann haben Sie gesagt, geht es los? Heute noch? Sie können sich natürlich auch einen Schwangerschaftstest in der Apotheke holen und nach den Ferien ganz in Ruhe den Kollegen aufsuchen.«

Wie betäubt verließ Tamara die Praxis. Bestimmt würde Robert sich von ihr trennen, wenn er das erfuhr.

Sie durfte ihm das noch nicht sagen.

Jetzt wollte sie den Urlaub mit ihrem Traummann genießen, aber eines würde sie tun, nämlich in die Apotheke gehen und sich einen Schwangerschaftstest besorgen. Den konnte sie dann im Urlaub in aller Ruhe machen.

Entschlossen zog Tamara die Tür der nächsten Apotheke auf. Eins war klar, das Kind würde sie bekommen, mit oder ohne ihren Freund. Viel zu lange hatte sie sich schon während ihrer Ehe mit Markus ein Kind gewünscht.

Punkt zwölf hatte sie die restlichen Sachen gepackt und saß mit ihrem Lebensgefährten abfahrbereit im Auto. Nun war sie gespannt, wo es hingehen würde. Aber wirklich entspannen konnte sie sich nicht. Ihre Laune war schon nach kurzer Zeit wieder auf den Nullpunkt gerutscht und die Grübelei ging von vorne los. Robert, der durchaus bemerkte, dass etwas nicht stimmte, lenkte das Fahrzeug schweigend auf die Autobahn. Er hatte vor, mit seiner Freundin in die Toskana zu fahren. Dort hatte er ein wunderschönes kleines Häuschen gemietet. Zehn Tage wollte er mit Tamara an diesem schönen Ort verbringen. Und damit die Fahrt nicht in Stress ausartete, würden sie am Abend ein Hotel suchen und dort übernachten.

So war der Plan. Nachdem sie eine Stunde schweigend gefahren waren, schaute er Tamara kurz von der Seite an und meinte: »Was ist los? Irgendwas stimmt doch nicht mit dir? Das merke ich doch.«

»Quatsch, alles super. Ich bin nur müde.«

»Das gibt es doch gar nicht. Du warst doch sonst nie so kaputt. Was hat denn der Arzt gesagt? Du hast es mir immer noch nicht erzählt, obwohl ich dich schon mehrfach danach gefragt habe.«

»Er hat mir Blut abgenommen und wir werden das nach dem Urlaub besprechen«, antwortete sie zurückhaltend. Nachdenklich schaute Robert seine Lebensgefährtin an und dachte, hoffentlich ist sie nicht krank. Ich liebe sie so sehr. Ich kann mir ein Leben ohne sie nicht vorstellen. Eliane war damals einfach nicht die richtige für mich, aber Tamara lasse ich nie im Stich, ich gebe sie nie mehr her.

Verzweiflung

Vivienne stand zögernd vor ihrer Badewanne. Das Wasser war schon eingelaufen und füllte die halbe Wanne. Den Raum hatte sie schön hergerichtet, mit Rosenblüten und Badeschaum in der Wanne, wie sie es im Fernsehen des Öfteren gesehen hatte. Klassische Musik lief leise im Hintergrund. Nachdem sie sich entschlossen hatte, sich auf diese Art und Weise das Leben zu nehmen, lag es eigentlich nur noch an der Planung, wann sie es tun wollte. Schließlich fragte sich Vivienne aber, warum sie noch ewig warten sollte. Es gab nichts zu verlieren. Niemand wollte etwas von ihr. Niemand würde sie vermissen. Und vielleicht hätte ihr Mann ein schlechtes Gewissen. Das gönnte sie ihm von Herzen. Das war ihre Hoffnung, dass er seines Lebens nicht mehr froh werden und daran seine Beziehung zerbrechen würde. Mit Hilfe der Schlaftabletten würde sie die notwendige Ruhe erhalten, um sich die Pulsadern aufschneiden zu können. Das hoffte sie zumindest. Ja, genauso sollte es geschehen. Damit sprach sie sich selbst Mut zu, denn ein kleiner Teil von ihr wollte diese Welt eigentlich nicht verlassen. Aber es war einfach kein Land in Sicht.

Langsam ließ sie sich in die Wanne gleiten, stellte das Wasser ab und schluckte mit Hilfe des Sprudels die beiden Tabletten. Vivienne versuchte sich entspannt an das Gummikissen anzulehnen, das sich am Kopfende der Badewanne befand.

Plötzlich zuckte sie zusammen, weil es an der Haustür klingelte. Wer war das denn jetzt um Himmels willen? Wochenlang wollte kein Mensch etwas von ihr. Ihr Mann konnte es nicht sein. Der arbeitete sicherlich noch, wenn er überhaupt nach Hause kommen sollte. Starr vor Entsetzen überlegte sie, was jetzt zu tun sei. Am besten, sie verhielt sich ganz ruhig. Derjenige, der da vor der Tür stand, würde schon wieder verschwinden. Vielleicht war es auch nur der Postbote. Voller Anspannung versuchte sie wieder zur Ruhe zu kommen. Bald würden die Tabletten wirken. Sie nahm das Messer, das sie sich bereit gelegt hatte in die rechte Hand und setzte es knapp über dem Handgelenk auf der Innenseite an. Ein Zittern überkam sie. Nein, die Zeit war noch nicht gekommen. Sie musste noch warten, bis das Medikament wirken würden. In zehn Minuten würde es sicherlich soweit sein, redete sie sich gut zu.

Eliane stand an der Eingangstür von Viviennes Haus und trippelte ungeduldig von einem Fuß auf den anderen. So ein Mist, ihre frühere Freundin war nicht zuhause. Sie hatte ein schlechtes Gewissen, wollte sie sich doch schon vor einer Woche darum kümmern. Dann war da noch ein ganz ungutes Gefühl. Was sollte sie nur tun? Oben an den Fenstern war nicht zu erkennen, ob sich jemand im Haus befand. Alles war still und ruhig.

Vielleicht war Vivi auch mit Andreas in den Urlaub gefahren. Zögernd drehte sich Eliane um und trat den Rückweg an. Sie fasste mit flauem Gefühl im Magen den Entschluss, ab sofort nun jeden Tag bei ihr anzurufen, bis sie mit ihr gesprochen hatte.

Die Lüge

Klaus stand mit hochrotem Kopf seiner Ex-Freundin Sabine vor deren Haus gegenüber. Sein Herz raste, so regte er sich mal wieder auf. »Wie kannst du nur so herzlos sein und deinem Kind den Vater verweigern. Nur um dich an mir zu rächen. Wo ist dein Problem? Du hast mir doch damals nicht gesagt, dass du schwanger bist. Ich hätte zu dir gestanden, wir hätten das gemeinsam gestemmt. Entweder als Paar oder einfach nur als Eltern. Für was möchtest du mich bestrafen? Ich verstehe das nicht.«

»Ich habe doch gemerkt, dass dir nichts an mir liegt. Da binde ich dich doch nicht an mich, nur, weil ich ein Kind bekomme. Ich war so verliebt und so blind. Am Anfang habe ich echt gedacht, dass du es ernst meinst und das mit uns von Dauer ist«, entgegnete Sabine.

»Dafür kannst du mich nicht verantwortlich machen. Keiner kann etwas für seine Gefühle. Aber wir hätten eine Lösung finden können.«

»Wie willst du ihr denn ein guter Vater sein?«, fuhr sie fort, »du wohnst in einer WG, hast keine Frau und bist alleine. Das geht doch nicht.«

»So ein Quatsch«, antwortete Klaus ohne weiter nachzudenken: »Ich bin in einer festen Beziehung mit meiner Mitbewohnerin Klara.

Wir werden uns eine gemeinsame Wohnung suchen. Ich habe also eine stabile Beziehung, in der mein Kind jederzeit gut aufgehoben ist. Was sagst du jetzt?«

Kurz hatte es Sabine die Sprache verschlagen. Sie wurde blass und entgegnete: »Wie schön für dich. Aber woher weiß ich, dass sie die richtige Ersatzmama für meine Kleine ist. Da muss ich sie schon erstmal kennenlernen.«

Nach kurzem Zögern schleuderte er ihr entgegen: »Weißt du was? Das wird alles das Gericht klären.« Mit diesen Worten ging er, nein, man konnte schon sagen, rannte er davon.

Drei Straßen weiter blieb er stehen und stand wie ein begossener Pudel da. Er hatte doch so gute Vorsätze gehabt, in Ruhe mit seiner Ex zu sprechen und vielleicht sogar seine Tochter Semira sehen zu dürfen. Sie war aber anscheinend bei einer Freundin untergebracht, da Sabine später einen Arzttermin hatte. Wie schön wäre es, wenn er in solchen Situationen doch selbst auf das Töchterchen aufpassen könnte, dachte er beklommen. Im Moment arbeitete er viel von zu Hause aus. Als Informatiker hatte er die Gelegenheit ergriffen, als seine Firma ihm das angeboten hatte.

Klaus trat nachdenklich den Heimweg an. Was hatte er da nur angestellt, indem er behauptet hatte, Klara wäre seine Freundin? Das musste irgendwann mal auffliegen.

Außerdem hatte er seiner Mitbewohnerin gegenüber ein schlechtes Gewissen, nachdem er sie einfach so stehen gelassen hatte. Wo er sie doch am liebsten gar nicht mehr loslassen würde. Nicht einmal entschuldigt hatte er sich bei ihr für sein Verhalten. Außerdem war er auf dem besten Weg, sich total zu verlieben, gestand er sich ein. Klaus wusste nicht wo ihm der Kopf stand, deshalb verschob er alles Weitere auf morgen, so wie es für ihn üblich war.

Stammtisch

Der Stammtisch war eröffnet. Tamara und Robert fehlten, da sie noch im Urlaub waren. Und Elianes Mutter war mit ihrem Herrmann auch schon auf den Malediven gelandet. Unverständlicherweise war Rebecca ebenfalls nicht anwesend. Sie waren nur zu dritt, deshalb ging es heute etwas ruhiger zu. Jeder war irgendwie mit seinen eigenen Problemen beschäftigt. Klara wollte gerade vorschlagen, dass sie den Stammtisch heute ausfallen lassen könnten, da sie keine Lust hatte, in Anwesenheit von Timo von ihren Problemen zu erzählen, als plötzlich die Tür aufgerissen wurde und Ralf hereinstürmte. Erstaunt sahen ihm alle entgegen. Schließlich ergriff Eliane das Wort: »Hi Ralf, was für eine Überraschung. Du wolltest doch nie zu unserem Stammtisch kommen. Das freut mich jetzt aber wirk...«, das Wort blieb ihr im Hals stecken, als sie Ralfs fassungsloses Gesicht sah.

»Was ist los? Was ist passiert?«, fragte nun Timo.

»Rebecca ist weg.«

»Wie, Rebecca ist weg?«, wollte Klara nun wissen.

»Ich kann sie nirgends finden«, antwortete Ralf tonlos.

Erstaunt sahen die Frauen ihn an. Was war das denn? Da hat sich ja einer total verknallt. Der ist ja richtig panisch. Diese Gedanken gingen ihnen durch den Kopf.

Aber sogleich kam doch die Sorge auf, dass ihrer Freundin etwas passiert sein könnte.

»Ist Becca denn nicht in ihrer Wohnung?«, fragte Timo.

»Nein, da war ich natürlich zuerst. Es muss etwas passiert sein. Ich spüre das ganz deutlich.«

Irritiert sahen die drei ihn an.

»Wie, du spürst das ganz deutlich? Du kennst sie doch kaum.« Kopfschüttelnd sah Klara ihn an.

»Ja schon, aber wir hatten letzte Woche das Erlebnis mit ihrem Ex. Das war nicht sehr schön und er hat ihr gedroht und nun ist sie weg.«

Betreten schauten die Freunde Ralf an.

»Das wiederum hört sich nicht so gut an«, musste Klara zugeben. Die beiden anderen nickten zustimmend.

»Jetzt setz dich erstmal und lass uns nachdenken«, bestimmte Eliane.

Gehorsam ließ Ralf sich auf den nächstbesten Stuhl fallen, sprang aber sogleich wieder auf und rief wütend aus: »Den knüpfe ich mir vor. Rebecca hat mir gezeigt wo er wohnt.

Dort werde ich jetzt hingehen. Irgendwann muss er ja zu Hause sein oder zu Hause ankommen. Ich hatte vorhin schon einmal geklingelt. Da war er nicht da oder hat zumindest die Tür nicht geöffnet. Aber ich werde warten und wenn ich die ganze Nacht dort stehen bleiben muss.« Das waren seine Worte, bevor er das Café so schnell, wie er hereingekommen war, auch wieder verlassen hatte.

Fassungslos schauten die Zurückgebliebenen sich an. Gab es denn nie Ruhe in diesem Freundeskreis? Musste denn da immer irgendetwas passieren? Inzwischen waren sie alle beunruhigt.

Konfrontation

Ralf ging nicht, sondern rannte regelrecht durch die Straßen. Er schaffte es tatsächlich in nur fünfzehn Minuten bis in die Oststadt zu gelangen. Rebecca hatte ihm, als sie die Woche zuvor durch Pforzheim gegangen waren, gezeigt, wo ihr Ex-Freund wohnte. Am Ziel angekommen, stellte er sich geschützt durch den Vorbau im Nachbarhaus, an den Eingang und lehnte sich an die Hauswand. Dort verharrte er regungslos eine Stunde, dann öffnete sich tatsächlich die Tür des Nebenhauses. Matthias trat hinaus auf den Gehweg und setzte an nach rechts zu gehen, als Ralf sich von hinten auf ihn stürzte, ihn an der Schulter packte und mit einem Ruck herumriss.

»Was soll das«, entfuhr es seinem Gegenüber.

»Sag mir sofort, wo Becca ist.« Ralf hatte Matthias inzwischen am Kragen gepackt und zu sich hergezogen. Ganz dicht waren die beiden Gesichter beieinander, so dass sie gegenseitig ihren Atem spüren konnten.

Verstört schaute Matthias seinen Gegner an. Dieser war einen Kopf größer und etwas breiter als er. Das war wahrscheinlich der einzige Grund, weshalb er nicht zur Gegenwehr ansetzte.

Und vielleicht, weil er von Grund auf feige war. Deshalb antwortete er nur zischend: »Woher soll ich das denn wissen? Wo soll denn die Schlampe schon sein?«

Im nächsten Moment traf ihn Ralfs Faust im Gesicht. Er taumelte, wurde aber sofort wieder gepackt.

»Ist ja schon gut. Lass mich sofort los. Wir können über alles reden.«

Ralf drückte ihn, immer noch seinen Hemdkragen in der Hand, an den Rauhputz des Hauses. Nach einer kurzen Atempause äußerte Matthias sich schließlich: »Was ist passiert? Ich habe keine Ahnung, was du von mir willst.«

Ralf sah ihm an, dass er die Wahrheit sagte. So gut konnte sich kein Mensch verstellen. »Rebecca ist weg und du hast gedroht, ihr was anzutun. Ich glaube, dass du das in die Tat umgesetzt hast.«

»Du spinnst ja total. Ich bin doch kein Verbrecher. Niemals würde ich ihr was antun. Ich liebe sie doch.«

»Du bist ein Stalker«, entgegnete Ralf empört.

»Ich habe sie seit dem Abend, als wir uns getroffen hatten, nicht mehr zu Gesicht bekommen. Das schwöre ich. Außerdem habe ich vor ein paar Tagen eine Frau kennengelernt, mit der es etwas werden könnte.« Matthias sah seinen Gegner herausfordernd an.

Ralf wurde bewusst, dass er sich damit zufriedengeben musste. Was sollte er auch tun? Dazu kam, dass er dem Kerl glaubte. Er hielt Rebecca nicht gefangen. Angetan hatte er ihr bestimmt auch nichts. Er wusste nicht, ob ihn diese Erkenntnis erleichtern oder erschrecken sollte, denn schließlich war sie immer noch verschwunden und es gab keinerlei Lebenszeichen von ihr. Er stieß Matthias von sich und ging langsam zurück in Richtung Café, um sich dort mit den anderen zu besprechen, was man noch tun könnte.

Dort angekommen, warteten alle schon reichlich aufgeregt und Ralf berichtete, was passiert war. Danach saßen sie alle schweigend und nachdenklich da, bis Timo das Schweigen brach und fragte: »Wie lange ist sie denn überhaupt schon verschwunden?«

»Also«, meinte Ralf zögernd, »gestern habe ich Becca nicht angetroffen. Ich habe mehrfach versucht sie telefonisch zu erreichen. Das Handy ist ständig aus und ans Festnetz geht sie ebenfalls nicht. Bei euch in der WG war ich auch und habe mehrfach Sturm geklingelt«, meinte er, den Blick auf Klara gerichtet. »Und heute ist sie eben immer noch nicht da.«

»In den ersten vierundzwanzig Stunden unternimmt die Polizei sowieso nichts, schon gar nicht bei einem erwachsenen Menschen. Vor allem, wenn nichts auf ein Verbrechen hindeutet«, gab Eliane zu bedenken.

»Ja, du hast Recht, aber was soll ich denn jetzt tun?«

»Wieso du?«, fragten alle wie aus einem Munde.

»Wir machen uns auch Sorgen um Rebecca, aber du bist ja nicht verantwortlich für sie«, äußerte sich Klara. Timo musste in sich hinein grinsen. Da war doch einer schwer verliebt, stellte er fest. Er dachte nicht, dass Rebecca irgendetwas passiert war und sah die Sache gelassen. »Jetzt geh nach Hause oder bleib noch eine Weile bei uns. Wenn sie morgen immer noch nicht da ist, dann werden wir zur Polizei gehen.«

»Einverstanden«, stimmte Ralf zu, »was bleibt mir auch anderes übrig.«

Die kleine Runde blieb noch eine Weile beisammen.

Besser hier zu sein, als allein zu Hause herumzusitzen, dachte sich Ralf, was normalerweise überhaupt nicht seine Art war. Er war eigentlich ein eingefleischter Single, der gerne Zeit alleine verbrachte und im Allgemeinen nie einsam war. Später auf dem Heimweg gestand er sich ein, dass er sich wohl verliebt hatte. Wie konnte das nur passieren, fragte er sich entsetzt, wo er sich doch nie binden wollte.

Toskana

Robert und Tamara saßen im idyllischen Hof ihres gemieteten Ferienhauses. Es war herrlich. Als sie in der Toskana angekommen waren, war Tamara in regelrechte Begeisterung ausgebrochen. Dies äußerte sich durch einen Freudenhüpfer. Sie umarmte und küsste ihren Robert. Es war aber auch einfach traumhaft. Ein einsames Haus umgeben von duftenden Kräutern und zirpenden Grillen mitten in der Wildnis. Es war ein Gefühl, als ob es weit und breit keine anderen Menschen geben würde. So war es allerdings nicht, die Nachbarhäuser waren nur gut getarnt, durch Büsche und Sträucher. Außerdem waren die Gebäude mit großem Abstand voneinander gebaut worden. Tamara war überglücklich. Nur leider hielt das Glück nicht allzu lange an. Am nächsten Tag war sie wieder ziemlich müde und schlecht gelaunt.

Es wird immer schlimmer mit ihr, dachte Robert. Er hatte es sich auf der Mauer am Ende des Gartens bequem gemacht und blickte in die wunderschöne Landschaft, auf die langen Reihen von Lavendel und auf die vom leichten Wind gebogenen Gräser. Was ist nur los, grübelte er weiter. Sie waren doch so glücklich gewesen. Er hatte gedacht, es würde ewig so bleiben und war immer noch der

Meinung, dass Tamara seine Traumfrau sei. Aber, was war schiefgelaufen? Hatte ihre Beziehung überhaupt Bestand?

Wenn sich Tami ihm nicht anvertraute, wenn sie ein Problem hatte oder es ihr nicht gut ging, wie sollten sie da eine gemeinsame Zukunft haben? Robert verstrickte sich immer mehr in Grübeleien, bis er entschlossen aufsprang und vor sich hinmurmelte: »Ich muss mit ihr reden. Entweder sie öffnet sich mir oder wir können den Urlaub jetzt gleich am zweiten Tag wieder abbrechen. Das macht doch keinen Sinn.« Er wollte ihr schließlich eine Freude machen, was ihm auch zunächst gelungen war, aber eben nur kurz. Langsam ging er zurück ins Haus, wo Tamara sich gerade in der Küche aufhielt. Als er seine Freundin von hinten ansprach, zuckte sie erschrocken zusammen, drehte sich um und sah ihn mit traurigen Augen an.

Robert wollte das Gespräch nicht mehr aufschieben. »Was ist los? Rede mit mir! Habe ich was falsch gemacht?«

»Aber nein«, antwortete Tamara, legte ihm ihre Arme um den Nacken, zog seinen Kopf zu sich heran und küsste ihn innig. Sofort waren alle Probleme vergessen. Die beiden begaben sich langsam knutschend und sich dabei ausziehend

Richtung Schlafzimmer und für eine Weile war die Welt wieder in Ordnung. Die gute Stimmung hielt den ganzen Urlaub an. Tamara riss sich zusammen und Robert scheuchte die manchmal unangenehm aufkeimenden Gedanken von sich.

Beide nahmen sich unabhängig voneinander vor, den Urlaub in vollen Zügen zu genießen. Danach würde man weitersehen.

Die Hoffnung

Vivienne saß in ihrer Hightech Küche an der kleinen Bar, die für ein schnelles Frühstück genau richtig war, hielt ihren Kaffeepott in den Händen und grübelte vor sich hin. Drei Tage waren vergangen seit ihrem missglückten Selbstmordversuch. Sie hatte ihren ganzen Mut zusammennehmen müssen und hätte es wahrscheinlich auch geschafft, wenn es im entscheidenden Moment nicht geklingelt hätte. Wer das wohl gewesen war? Wer hatte sie davon abgehalten, diese Welt zu verlassen? Sollte sie demjenigen dankbar sein? Im Moment war sie eher verzweifelt und hatte keine Ahnung, wie alles weitergehen sollte.

Sie wusste nur so viel, sie würde es kein zweites Mal schaffen. Da war doch noch so etwas wie Hoffnung und Lebenswillen in ihr. Eigentlich empfand Vivienne Erleichterung, dass es nicht geklappt hatte. Wie war es nur so weit mit ihr gekommen?

»Man wirft doch sein Leben nicht einfach so weg«, murmelte sie vor sich hin, als es erneut klingelte. Überrascht hob sie den Kopf. Sie erwartete auch heute niemanden und ging langsam zögernd zur Tür und öffnete diese, ohne vorher nachzufragen, wer sich davor befand.

Sie glaubte ihren Augen nicht zu trauen. Dort stand niemand anders als Eli. Fassungslos fragte sie die ehemalige Freundin: »Was machst du denn hier?«

»Ich möchte endlich nach dir schauen«, antwortete Eliane, erschrocken über den Anblick der sich ihr bot. Die schöne, immer elegant gekleidete Vivienne stand mit blassem Gesicht, ungeschminkt vor ihr. Zudem trug sie eine schlabbrige Jogginghose und ein viel zu weites T-Shirt. Die blonden etwas dünnen Haare hingen ihr ungepflegt ins Gesicht. Da war nicht einmal mehr ein richtiger Haarschnitt zu erkennen. Eliane fasste sich aber schnell wieder und ließ sich ihr Erschrecken nicht anmerken. »Hallo Vivi, darf ich reinkommen?«

»Entschuldigung, natürlich«, antwortete Vivienne und trat einen Schritt zur Seite. Eliane drängte sich an ihr vorbei, drehte sich aber wieder um und umarmte die Freundin. Plötzlich brach diese in Tränen aus. Sie wurde regelrecht von Weinkrämpfen geschüttelt.

»Beruhige dich. Ja, so ist es gut. Heul dich aus«, korrigierte sie sich, nachdem ihr klar wurde, dass Vivi sich nicht so schnell beruhigen würde. »Komm, setzen wir uns auf die Couch.«

Nach einer gefühlten Ewigkeit - sie saßen immer noch im Wohnzimmer - kamen nur noch ein paar Schluchzer und Vivienne meinte: »Es tut mir alles so schrecklich leid. Was ich dir damals angetan habe und Tami und überhaupt. Was für ein Mensch war ich nur? Ich war so blind. Es tut mir alles so schrecklich leid.«

»Schwamm drüber«, entgegnete die Freundin. »Jetzt ist jetzt und alles andere ist Vergangenheit. Jeder macht mal Fehler.«

»Aber ich war wirklich so eine eingebildete Kuh. Ich habe immer nur den Glanz der Elite Gesellschaft gesehen und wollte einfach dazugehören. Außerdem liebte ich Andreas abgöttisch. Das war der größte Fehler meines Lebens. Nun betrügt er mich mit einer jüngeren und behandelt mich wie den letzten Dreck.«

»Das wundert mich nicht. Ich habe ihn noch nie ausstehen können. Er ist so ein arrogantes....«, weiter sprach Eliane nicht.

»Ich weiß das jetzt auch, aber was soll ich denn nun tun. Ich habe die ganze Zeit nicht gearbeitet. Er hat das zu verhindern gewusst. Ich wollte das ja auch so, da müsste ich jetzt lügen, wenn ich was anderes behaupten würde«, gestand Vivienne leise. »Ich habe das Leben genossen. Machen zu können, was ich wollte, Geld ausgeben zu können, soviel ich wollte und von einer Wellness-Oase in die nächste zu reisen, so hatte ich mir mein Leben vorgestellt. Aber schon im letzten Jahr war da nur noch eine Leere. Ich hatte keine Aufgabe und war nur noch unglücklich. Das habe ich inzwischen erkannt.«

»Warst du deshalb im Café?«

»Ja, ich hatte gehofft, an unserer alten Freundschaft anknüpfen zu können, aber das war dumm von mir. Dafür habe ich euch zu viel angetan. Das weiß ich jetzt.«

»Aber das ist doch Quatsch. Freunde haben immer mal wieder Zeiten, wo sie sich nicht so oft sehen«, schwächte Eliane das Ganze ab, »du bist immer willkommen bei uns. Tamara hat im Moment auch so ihre Probleme. Ich weiß zwar nicht welche, aber ich glaube, es geht ihr einfach nicht so gut. Ich hoffe, sie ist nicht krank«, fügte sie resigniert hinzu.

Sorgenvoll schaute Vivienne ihre alte Freundin an. »Das darf nicht sein. Ich trage ihr das auch nicht nach, wie sie mich letztens behandelt hat. Ich war ja früher viel schlimmer zu ihr«, und schon schlug sie wieder die Hände vors Gesicht, um leise zu weinen.

Eliane streichelte ihr über den Rücken, als ihr plötzlich eine Idee in den Kopf schoss. »Ach übrigens Vivi, ich bin nicht einfach so hier, weil ich ein guter Mensch bin oder Langeweile habe. Ich wollte dich nämlich was fragen.«

Zögernd hörte Vivienne auf zu weinen und schaute die Freundin fragend an.

»Also es ist so, ich bin ein bisschen ausgebrannt und da dachte ich mir…. du weißt ja, mein Café läuft gut, aber wir, also Timo und ich haben noch nie richtig Urlaub gemacht und ich glaube es wäre jetzt an der Zeit dazu. Ja und deshalb bräuchten wir dringend eine Aushilfe. Tamara hat auch mal Urlaub. Jetzt ist sie gerade mit Robert fortgefahren. Sie kommt zwar nächste Woche, aber sie kann nicht mehr als einen halben Tag arbeiten. Die Aushilfe vom letzten Jahr hat mit ihrem Studium begonnen und hat keine Zeit mehr. Also bräuchte ich dringend eine Aushilfskraft. Ich weiß, dass es vielleicht zu viel verlangt ist, aber vielleicht könntest du das machen?«, fügte sie in sich hinein schmunzelnd hinzu.

Überrascht schaute Vivienne sie an und strahlte plötzlich. »Aber natürlich. Das mache ich doch gern. Das macht mir bestimmt auch Spaß. Ich habe ja noch nie wirklich gearbeitet nach meiner

Ausbildung. Und das war wahrlich kein Knochen-
job. Also, ich würde das gerne versuchen, wenn
du mir das zutraust.« Hoffnungsvoll schaute sie
die Freundin an.

»Okay«, strahlte diese. »Du bist meine Rettung.
Dann machen wir das so. Du ruhst dich jetzt ein
bisschen aus und wenn es dir danach ist, kommst
du in den nächsten Tagen im „Café Früher" vorbei. Ich bin immer vormittags dort. Die nächsten
Tage sogar den ganzen Tag. Dann besprechen wir
alles.«

»Einverstanden«, strahlte eine glückliche Vivienne. »Ich komme schon morgen. Ganz bestimmt.«

Zufrieden vor sich hin lächelnd verließ Eliane das
komfortable Haus. Die Idee mit der Aushilfe war
ihr ganz plötzlich in den Kopf geschossen. Vielleicht konnte sie so tatsächlich zwei Fliegen mit einer Klappe schlagen. Nämlich in den Urlaub gehen
und ihrer Freundin helfen. Diese konnte bestimmt
gut mitanpacken, wenn sie nur wollte. Und davon
ging sie aus. Vivi hätte eine Aufgabe, war abgelenkt und kam aus ihrem Trott heraus. Sie würde
neue Leute kennenlernen und vielleicht konnte
sie sich so ein neues Leben aufbauen, ohne ihren
arroganten Ehemann.

Unangenehme Überraschung

Klara saß im Gemeinschaftswohnzimmer und rührte in ihrem Tee herum, als ob es kein Morgen gäbe. Die zwei Löffel Zucker waren schon längst aufgelöst, aber sie war so in ihre Gedanken versunken, dass sie gar nicht mehr damit aufhören konnte. Seit Klaus sie vor ein paar Tagen so abrupt im Flur hatte stehen lassen, war sie ihm kaum noch begegnet. Es war, als ob er es vermeiden würde. Nur einmal kurz im Vorbeihuschen, als er das Haus verlassen hatte, da hatten sie sich kurz in die Augen geschaut. Das war's dann auch schon gewesen. Was hatte sie nur falsch gemacht? Diese Frage ging ihr seit dem Abend ständig durch den Kopf, aber ihr fiel nicht ein, an was es liegen konnte. Ihr Selbstbewusstsein war stark ins Wanken geraten. Aber wahrscheinlich machte Klaus sich gar keine Gedanken und wollte einfach nichts von ihr. Es war bestimmt nur aus einer Laune heraus gewesen, dass er sie geküsst hatte. Sicherlich bereute er es längst.

Schluss jetzt, schimpfte Klara mit sich selbst, hörte auf zu rühren und setzte sich entschlossen auf, die Teetasse an die Lippen setzend. Ruckartig setzte sie diese wieder ab, weil sie sich an der heißen Flüssigkeit verbrannt hatte.

»Mist«, fluchte Klara laut, denn die Brühe schwappte über und beschmutzte ihre frisch gewaschene Bluse und auf dem Parkettboden breitete sich ebenfalls eine Pfütze aus. Wie kann man nur so blöd sein, beschimpfte sie sich erneut, als es plötzlich an der Tür klingelte. Wer war das denn jetzt schon wieder? Der Postbote? Klara ging zur Tür ging und öffnete diese, ohne vorher nachzuschauen, wer da war. Vor ihr stand eine bildhübsche junge Frau, so ungefähr in ihrem Alter, eine dunkle Lockenmähne, ein nettes Gesicht und gertenschlank. Sogleich fühlte sie sich mit ihrem befleckten Oberteil etwas minderwertig, obwohl sie mit ihren ebenfalls dunklen Locken und ihren beiden Grübchen an den Wangen herzallerliebst aussah. Allerdings hatte sie selbst das noch nie bemerkt.

»Was kann ich für Sie tun?«, fragte Klara zögernd.

»Was Sie für mich tun können?«, fragte die Fremde in einem bedrohlichen Tonfall. »Schlagen Sie sich aus dem Kopf, mein Kind zu bekommen.«

»Wie bitte«, wollte Klara erstaunt wissen, »was für ein Kind?«

»Jetzt tun Sie doch nicht so. Sie sind doch die Zukünftige meines früheren Freundes.«

»Wer in alles in der Welt soll das sein? Ich habe keine Ahnung. Ich glaube, Sie haben sich in der Tür geirrt.«

»Bullshit«, meinte Sabine. »Sie wissen ganz genau, wen ich meine. Schließlich wohnen sie zusammen.«

»Klaus?«, fragte Klara sichtlich verwirrt. Bevor sie allerdings etwas erwidern konnte, fuhr die andere fort: »Er kann Sie von mir aus morgen schon heiraten, aber mein Kind bekommt ihr nicht.«

Fassungslos schaute Klara die Besucherin an. »Können Sie mir vielleicht mal erklären, um was es geht? Sie dürfen auch gerne eintreten. Muss ja nicht das ganze Haus mitbekommen«, sagte Klara, die sich inzwischen wieder gefangen hatte und machte einen Schritt auf die Seite. Sabine kam der Aufforderung nach, trat ein und meinte: »Sie sind doch die zukünftige meines Ex Freundes Klaus. Oder liege ich da falsch?«, fragte sie nun doch etwas unsicher geworden. Klara wollte zuerst heftig abstreiten, aber irgendetwas hielt sie zurück. Deswegen entschied sie sich blitzschnell anders und überlegte, wie sie sich denn jetzt ohne etwas Falsches zu sagen aus der Affäre ziehen konnte. Schließlich antwortete sie: »Ja, ich bin schon

Klara, die Mitbewohnerin von Klaus, aber was hat das mit Ihrem Kind zu tun?«

»Tun Sie jetzt nur so oder hat Klaus Ihnen wirklich sein Kind vorenthalten?«, ohne eine Antwort abzuwarten, redete Sabine weiter: »Obwohl er nicht als Vater eingetragen ist, meint er, wenn er Sie heiratet, das Sorgerecht für die Kleine zu bekommen. Nur dafür wird er das tun, das können Sie mir glauben«, betonte die Ex-Freundin bewusst verletzend. Fassungslos schaute Klara Sabine an und erwiderte: »Wenn Sie das meinen.« Mehr brachte sie nicht heraus.

»Und das macht Ihnen nichts aus? Geheiratet zu werden, nur wegen einem Kind?«

So langsam setzten sich die Puzzleteile in Klaras Kopf zusammen. Sie musste innerlich grinsen und meinte ohne lange nachzudenken: »Nein, wir lieben uns und ich habe damit kein Problem. Ich wollte schon immer ein Kind.«

»Schlag dir das aus dem Kopf«, schleuderte Sabine ihrer Konkurrentin entgegen, drehte sich um und verließ die Wohnung, indem sie die Tür laut zuknallen ließ.

Klara schwankte ins Wohnzimmer und ließ sich auf die Couch fallen. Was war das jetzt gewesen? War es so, wie sie es sich dachte? Hatte Klaus ein

Kind und wollte es unbedingt haben? Hatte er sie deswegen geküsst? Nur deswegen? Dieser Gedanke kam ihr nun erstmals in den Kopf. Ja, so wird es gewesen sein. Er wird überhaupt nicht an ihr interessiert sein, sondern wollte sie nur als seine Zukünftige vorführen. Enttäuscht ließ sich Klara an die Lehne des Sofas zurückfallen. Tränen liefen ihr übers Gesicht, bis sie diese schließlich energisch wegwischte und vor sich hinmurmelte: »Warte, dir werde ich es zeigen.« Entschlossen sprang Klara auf und führte weiter Selbstgespräche: »Ich spiele das Spiel mit.«

Sie eilte ins Bad, um sich zu richten. Das wäre doch gelacht, sie konnte auch, so wie Klaus, mit falschen Karten spielen. Sie wusch sich das Gesicht, schminkte sich nett und zog ihre Lieblingskleidung an, ein buntes Hosenkleid, eine Legging dazu und Sandaletten. »Na warte.«

Klara platzte beinahe vor Wut. Sie raffte sich auf, als sie den Schlüssel im Schloss hörte und nahm ihren ganzen Mut zusammen. Sie trat Klaus in der Diele entgegen und schaute ihn provozierend an: »Hi Klaus. Alles klar? Ich habe dich vermisst.« Klara ging ganz nah an ihn heran. Er wusste gar nicht wie ihm geschah. Sie sah ihm tief in die Augen und meinte: »Na mein Schatz, wie war dein Tag?«

Fassungslos schaute er seine Mitbewohnerin an. »Was soll das?« mehr brachte er nicht heraus.

»Wir sind doch ein Paar, wie ich gerade erfahren habe«, meinte Klara schief grinsend.

»Wie bitte?«

»Da war gerade eine hübsche junge Frau. Die hat mir erklärt, dass wir bald heiraten werden.«

In seinen Kopf wirbelte alles herum. Was redete Klara denn da um Himmels willen. Klaus war vollkommen durcheinander. Dann fiel bei ihm der Groschen. Das musste Sabine gewesen sein. »Ach.« Mehr brachte er erstmal nicht heraus. »War Sabine da?«, fragte er schließlich, nachdem er das Schweigen nicht mehr ertragen konnte. Klara schaute ihm nur weiterhin tief in die Augen. Ihren Gesichtsausdruck konnte man kaum deuten. Trotz oder Verletzlichkeit. Klaus wusste es nicht genau und war verunsichert.

»Du hättest ja mal was sagen können. Ich dachte du wolltest mit mir ins Bett gehen«, entgegnete sie entgegen ihrer Gewohnheit ziemlich forsch. »Das hättest du haben können.

Du hättest mir aber auch sagen können, dass du mich bloß als Alibi brauchst. Es wäre auch okay gewesen«, knallte sie ihm die Worte um die Ohren. Dieses Mal ließ sie ihn in der Diele stehen.

Entsetzt schaute Klaus ihr nach. Er machte aber auch wirklich alles falsch. Erst verletzte er die Frau, bei der er auf dem besten Weg war, sich in sie zu verlieben, dann erzählte er seiner Ex Lügenmärchen und jetzt dieses Dilemma hier. Wie kam er aus der Sache nur wieder heraus? Dabei wollte er doch nur ab und zu seine Tochter sehen. War das denn zu viel verlangt? Allerdings war ihm schon klar, dass er Klara da nicht hätte mit hineinziehen dürfen. Mit gesenktem Kopf ging er an ihre Zimmertür, klopfte und sagte: »Bitte lass mich rein. Lass mich dir das erklären.«

Aber es kam keine Antwort von drinnen.

Resigniert ging er in seinen eigenen Raum. Klara lag inzwischen auf ihrem Bett, den Kopf unters Kissen geschoben und schluchzte hemmungslos. Sie war nun mal nicht so cool und berechnend, wie sie sich gegeben hatte.

Große Sorge

Eliane hatte die letzte Kundin abkassiert und wollte gerade die Tür des Cafés zuschließen, als Ralf, der Freund von Robert, angestürmt kam.

»Halt! Bitte lass mich kurz rein.«

»Hi Ralf. Was führt dich hierher? Du siehst ja furchtbar aus. Ist es wegen Rebecca?«

Ralf nickte nur. Er war vollkommen außer Atem.

»Jetzt schnauf erst mal durch. Mir geht es genauso. Ich kriege Becca auch nicht aus dem Kopf und mache mir große Sorgen. Aber was sollen wir machen? Sie war schon öfters mal verschwunden ohne vorher was zu sagen. Die Polizei hat Matthias befragt. Da kam nichts dabei raus und sie haben nichts gegen ihn in der Hand. Sie haben keinen Hinweis für ein Verbrechen und meinten, Rebecca sei schließlich ein erwachsener Mensch. Die unternehmen im Moment nichts.«

»Ich weiß, aber da muss was passiert sein. Ich spüre das. Sie würde doch jetzt nicht einfach so verschwinden.«

»Warum nicht«, wollte Eliane wissen. »Sie ist schon oft einfach so für ein paar Tage verreist.«

»Ich, ich weiß nicht, aber, es ist, weil…«, stotterte Ralf herum. Er wollte ihr nicht verraten, dass er jede Minute an Rebecca denken musste und sich Hals über Kopf in sie verliebt hatte. »Es ist einfach so«, beendete er bestimmt den Satz.

»Ich habe das so im Gefühl. Ich habe ein Gespür für solche Sachen«, fuhr er fort.

»Ach ja«, kam die spöttische Antwort. Ihr war klar, warum Ralf so außer sich war. Aber sie machte sich viel zu große Sorgen, um irgendetwas in dieser Richtung zu erwähnen. Deshalb sagte sie nur: »Setz dich doch. Möchtest du einen Kaffee trinken?«

»Ja, gerne.« Geistesabwesend starrte er den Tisch an, an den er sich gerade niedergelassen hatte.

»Vier Tage sind nun schon seit ihrem Verschwinden vergangen«, äußerte er sich resigniert.

»Glaube mir, Becca ist öfter schon mal ein paar Tage sang - und klanglos verschwunden. Sie hat überall ihre Freunde. Dann nimmt sie einfach mal kurzfristig Urlaub und haut ab. Meistens hatte sie allerdings in letzter Zeit gesagt, wenn sie etwas vorhat, nachdem wir ihr das eingebläut haben. Aber die ganze Sache mit Matthias geht ihr doch ziemlich an die Nieren. Vielleicht hat sie es deshalb einfach vergessen.«

»Dann hoffe ich das mal«, seufzte Ralf, trank den letzten Schluck aus seiner Tasse und streckte Eliane die Hand hin. »Ich danke dir für den leckeren Kaffee und für das Gespräch. Jetzt geht es mir doch etwas besser.«

Kurz entschlossen umarmte Eliane den Freund von Robert und sagte beruhigend: »Geh jetzt mal nach Hause. Ich werde mich sofort bei dir melden, wenn ich wieder ein Lebenszeichen von Rebecca habe.«

»Einverstanden. Mehr können wir ja eh nicht machen«, entgegnete dieser resigniert.

Eliane nickte. Ganz so zuversichtlich wie sie sich gab, war sie bei Weitem nicht.

Tamara ist verzweifelt

Tamara saß in der gemeinsamen Wohnung in ihrem Lieblingssessel und grübelte. Robert war gleich nach der Ankunft verschwunden. Sie hatten ihren ersten richtigen Krach gehabt. Wie hatte es nur soweit kommen können? Wie konnte sie das nur zulassen, dass sie sich so voneinander entfernten? Warum hatte sie ihm nicht einfach an den Kopf geschleudert, dass sie schwanger war? Dann wäre es seine Entscheidung, ob er gehen wolle oder nicht. Sie könnte das Kind auch alleine großziehen. Aber sie war zu feige und wollte ihr Glück nicht zerstören. Aber genau das tat sie jetzt gerade. Robert konnte ja nicht wissen, warum es ihr schlecht ging. Zudem machte er sich auch noch Sorgen, sie könnte krank sein. Verzweifelt schlug Tamara die Hände vors Gesicht. Sie musste mit ihm sprechen. Aber jetzt würde sie erst einmal runter ins Café gehen, um sich einen Rat von Eli zu holen. Diese musste jetzt beim Aufräumen sein, denn es war kurz nach 18 Uhr. Entschlossen erhob sie sich, eilte die Treppe hinunter und öffnete die Verbindungstür, die vom Hausgang in Elianes Reich führte. Was sie da sah, raubte ihr den Atem. Das konnte doch nicht wahr sein.

War sie im falschen Film? Was hatte das jetzt zu bedeuten? Erschrocken taumelte sie zurück. Ihr war wieder richtig schwindelig geworden.

»Hallo Tami«, rief ihr niemand anderes entgegen, als ihre frühere Freundin Vivienne.

»Was machst du hier?«, fragte Tamara fassungslos.

»Ich darf hier arbeiten«, entgegnete die Freundin aus alten Tagen kleinlaut.

»Ach, braucht man mich nicht mehr«, entfuhr es Tamara etwas boshaft. So war es normalerweise nicht ihre Art. Es wird immer schlimmer mit mir, schoss es ihr durch den Kopf. Allerdings wartete sie Viviennes Antwort überhaupt nicht mehr ab, drehte sich um die eigene Achse und raste die Treppe wieder hinauf in ihre Wohnung. Dort fing sie voller Zorn an zu putzen, obwohl alles sauber war, bis sie schließlich feststellte, dass das Blödsinn war. Tamara konnte keinen klaren Gedanken fassen. Sollte Vivienne nun ihren Platz im Café einnehmen, nachdem sie jetzt ein bisschen schwächelte? War das Elianes Absicht? Sogleich schalt sie sich selbst für ihre dummen Gedanken. So war Eli nicht. Vielleicht gab es doch eine Erklärung. Eventuell war Vivi nur als Aushilfe da oder Eliane ging es nicht gut.

Erschrocken durch diesen Gedanken, überwog sofort die Sorge um ihre Chefin, die vor ein paar Jahren an Brustkrebs erkrankt war. Hoffentlich hat sie keinen Rückfall, dachte sie.

Aber die ganze Grübelei brachte nichts, sie brauchte Klarheit. Deswegen gab es nur eines, sie musste mit ihr sprechen. Auf die Idee, dass Eliane ihrer gemeinsamen Freundin nur helfen wollte, kam Tamara nicht, so sehr war sie im Moment in ihren eigenen Problemen versunken.

Unruhig verließ sie erneut die Wohnung, um zu Eliane zu gehen und hoffte, diese zu Hause anzutreffen. Wenn nicht, war es wenigstens ein kleiner Spaziergang. Das Haus, in dem ihre Freundin wohnte, hatte sie zehn Minuten später erreicht und klingelte Sturm.

Freundinnen

Nachdem Eliane die Tür geöffnet hatte, stürmte Tamara gleich an ihr vorbei. Da Eli so etwas von ihrer Freundin nicht gewohnt war fragte sie: »Hey, was ist los mit…« Als sie aber deren verstörtes Gesicht sah, brach sie mitten im Satz ab. Sogleich brach Tami in Tränen aus.

»Schätzchen, was ist passiert? Komm her.«

Sie ging auf Tamara zu und nahm sie in die Arme.

»Jetzt beruhige dich. Jetzt gehen wir erstmal ins Wohnzimmer, ich mache uns einen Tee und du weinst dich richtig aus. Und dann erzählst du mir, wo der Schuh drückt.«

Schluchzend nickte die Freundin. Tamara setzte sich in den Sessel und nachdem sie sich etwas beruhigt hatte, sagte sie: »Ich weiß nicht was ich machen soll? Es ist etwas passiert. Wahrscheinlich kann unsere Beziehung das nicht aushalten. Und überhaupt, was macht Vivienne im Café?«

Verwirrt schaute Eliane Tamara an. »Um Himmels willen, was hast du gemacht? Oder hat Robert was angestellt? Hat er dich etwa betrogen? Ihr wart doch so glücklich. Und was hat das alles mit Vivi zu tun?«, fragte sie besorgt.

»Nein, Blödsinn, ich denke schon, dass er mich liebt, aber er wird das nicht aushalten können was ich ihm sagen muss.«

»Ja was denn, um alles in der Welt? Jetzt rede doch!« Eliane war nahe daran, die Geduld zu verlieren. »Bist du etwa fremdgegangen?«

»Quatsch, ich traue mich einfach nicht ihm zu sagen, dass ich schwanger bin.« Nun war es raus.

»Ach du liebe Zeit, aber das ist doch fantastisch«, mehr brachte Eliane nicht heraus. »Ein Kind. Du bist die erste von uns, die ein Baby bekommt. Das ist doch toll«, freute sie sich.

Zweifelnd schaute die Freundin sie an. »Ich denke nicht, dass Robert das so toll findet. Er wollte sich eigentlich gar nicht binden. Du weißt doch selbst, wie er früher war.«

»Schon, aber das waren doch ganz andere Zeiten. Man sieht doch, dass er dich wirklich liebt. Ihr passt so gut zusammen. Das mit der Schwangerschaft ist doch kein Weltuntergang. Du musst es ihm sagen.«

»Meinst du?«, fragte Tamara zweifelnd.

»Klar.«

In diesem Moment klingelte es schon wieder. Entsetzt schaute Tami hoch. »Das wird ja wohl nicht...«

»Jetzt bleib ruhig. Ich gehe mal schauen. Vielleicht sucht dich dein Robert ja schon«, lächelte sie und ging zur Tür. Nachdem Eliane durch den Spion nachgeschaut hatte, wer draußen stand, öffnete sie freudig die Tür und sagte: »Hi Klara, was machst du denn hier?«

»Ich muss unbedingt mit jemand sprechen«, sagte diese vor der Tür mit blassem Gesicht.

»Was ist denn mit dir los? Bist du auch... äh, nein, komm erst einmal rein.« Sie brauchte ja auch nicht gleich Tamaras Geheimnis verraten.

Kopfschüttelnd ging sie voran ins Wohnzimmer. Was für ein Tag. »Tami ist auch gerade da. Ihr geht es nicht so gut. Setz dich zu ihr, ich komme gleich.« Eliane eilte in die Küche, um noch eine Teetasse zu holen. Die beiden Freundinnen hatten sich in der Zwischenzeit begrüßt und saßen schweigend da. Beide waren in ihre Gedanken versunken und warteten bis Eli kam.

»Ihr macht Gesichter, wie zehn Tage Regenwetter«, meinte diese. »Also Tamara, du hast wirklich keinen Grund dazu.«

»Nun sah Klara die Freundin erstaunt an und fragte: »Darf ich auch wissen, was los ist?«

»Erzähl du zuerst, was dir auf der Seele brennt.«

»Genau«, stimmte Eliane zu.«

»Na gut«, meinte sie, »wozu sind Freundinnen da. Ich muss mich mal aussprechen. Und so erzählte sie die ganze Geschichte mit Klaus, seiner Ex und dem Kind.

Fassungslos hatten die beiden zugehört und fingen nun gleichzeitig an zu sprechen.

»Das ist ja der Hammer.«

»Stille Wasser sind tief, so sagt man doch. Aber ich habe euch beobachtet«, meinte Eliane. »Ihr seid so verliebt und wisst das selbst gar nicht. Ich glaube nicht, dass er dich nur benutzt.«

»Das kann ich mir bei Klaus auch nicht vorstellen«, mischte sich Tamara ein. »Ich kenne ihn zwar nicht besonders gut, aber er macht einen sympathischen Eindruck.«

»Ihr habt ja keine Ahnung. Ich weiß es aber auch nicht«, entgegnete Klara genervt. »Ich hatte nicht vor mich zu verlieben, aber nun ist es passiert und ich weiß nicht, wie ich aus der Sache wieder rauskommen kann.«

»Wie rauskommen?«, sagten die beiden Freundinnen wie aus einem Munde. »Du sollst doch da nicht rauskommen, sondern prüfen, ob er für dich das gleiche empfindet. Und dann steht doch der Liebe nichts im Weg«, entgegnete Tamara fröhlich, froh, von ihren eigenen Sorgen abgelenkt zu sein. Nachdem sie dann schließlich Klara erzählt hatte, dass sie schwanger war, war diese ebenfalls begeistert. »Das ist ja super! Dann haben wir vielleicht bald ein kleines Mädchen zum Betütteln. Oder einen Jungen«, fügte sie noch schnell hinzu. »Wir wollen nicht so engstirnig sein.«

Alle drei brachen in Gelächter aus und plauderten aufgeregt durcheinander.

»Das ist toll.«

»Okay, wenn das so ist, dann könnt ihr gleich die Patentanten werden«, freute sich Tamara und war um einiges fröhlicher und meinte an Eliane gewandt: »Du hast mich überzeugt, ich werde heute noch mit Robert sprechen. Entweder er steht dazu oder er lässt es eben bleiben.«

»Genau, aber was ist denn nun mit Vivienne«, wollte die Freundin noch wissen.

»Ach, weißt du was? Vergiss es einfach. Ich war mit mir selbst unzufrieden und als ich sie im Café gesehen habe, habe ich gedacht, dass du mich ersetzen willst. Aber inzwischen denke ich, du wirst schon deine Gründe dafür haben.«

»So ein Blödsinn. Vivi hat es im Moment nicht leicht und ich möchte..., aber wisst Ihr was«, unterbrach sie sich und meinte: »Ich mache uns ein Trostessen. Was meint ihr? Sollen wir zur Feier des Tages Spaghetti und Tomatensauce machen?«

»Au ja, super Idee«, kam es einstimmig zurück. Dazu gibt es dann Rotwein und für Tami Traubensaft«, fügte Eliane augenzwinkernd hinzu. »Wir machen einfach einen Mädelsabend. Das haben wir schon so lange nicht mehr gemacht. Und dann reden wir weiter.«

»Wo ist eigentlich Timo?« Suchend schauten die Freundinnen sich um.

»Tami, hast du das gar nicht bemerkt? Als du vorhin hier heulend ankamst, hat er mir ganz schnell ein Zeichen gegeben und das Weite gesucht. Ich denke, er wird nicht so schnell zurückkommen«, lächelte Eliane.

Pfalz

Rebecca saß in ihrem kleinen gemütlichen Hotelzimmer in der Pfalz und schaute verträumt aus
dem Fenster in den Innenhof, der als Biergarten
diente. Das Bild, das sich ihr bot, war der Wahnsinn. Traumhaft schön mit einem Meer aus Blu-
men und gemütlichen rustikalen Tischen und
Stühlen war der Hof dekoriert. Fast erinnerte er
sie ein bisschen an Elianes Hof Café, das diese im
letzten Jahr hinter dem Haus eröffnet hatte.
Rebecca fühlte sich hier sehr wohl. Sie wollte einfach mal eine Weile für sich sein. Deshalb war sie
geflüchtet, ohne jemandem etwas zu sagen.
Wahrscheinlich bemerkte sowieso niemand, dass
sie weg war. Und sie ging auch nicht davon aus,
dass sich jemand um sie sorgte. In letzter Zeit
hatte keine ihrer Freundinnen für sie Zeit gehabt.
Ralf, ja der hatte ihr beigestanden. Als Rebecca an
ihn dachte kam das schlechte Gewissen in ihr auf.
Sogleich wurde ihr aber bewusst, dass ihre Gedanken sowieso viel zu oft zu ihm wanderten. Fast
immer, musste sie sich eingestehen. Aber bestimmt wollte er ihr nur helfen und mehr war da
wohl nicht. So wie Rebecca mitbekommen hatte,
war er ein eingefleischter Single und wollte es sicher auch bleiben. Also wäre es einfach lächerlich
gewesen, wenn sie ihm gesagt hätte, dass sie in

den Urlaub fahren würde. Aber Eli und Klara, schlich sich plötzlich der Gedanke an die Freundinnen ein. Nicht, dass die sich sorgten. In letzter Zeit waren beide zwar sehr beschäftigt gewesen, aber Klara würde auf jeden Fall bemerken, wenn sie nicht zuhause war, schließlich wohnten sie zusammen. Ach was soll's. Ich habe hier schließlich eine Woche gebucht und nicht einen Monat oder ein Jahr, beruhigte sie sich. »Und solange werde ich jetzt hier ausharren. Wenn keiner weiß wo ich bin, kann mir auch niemand auf die Nerven gehen. Und vor allem kann es auch Matthias nicht erfahren«, murmelte sie vor sich hin. Vor ihm hatte sie Angst, aber vielleicht hatte er es jetzt kapiert.

Es war ganz gut, dass niemand wusste, wo sie war, denn so konnte ihr im Moment, bis er sich abreagiert hatte, wenigstens nichts passieren. Sonst hätten ihre Freundinnen vielleicht doch preisgegeben, wo sie sich befand.

Rebecca beschloss in den Biergarten zu gehen und sich ein Viertele Wein zu gönnen und den Tag ausklingen zu lassen. Sie konnte sich morgen immer noch überlegen, ob sie ihre Freundinnen anrufen wollte oder nicht.

Männergespräche

Robert und Ralf saßen an der Theke in einer Bar, in der sich die beiden früher oft getroffen hatten. Robert hatte seinen Freund gefragt, ob er mit ihm etwas trinken gehen würde, weil es ihm zuhause im Moment zu stressig war. Dieser hatte nur zu gerne zugestimmt, fiel ihm doch in seiner Wohnung die Decke auf den Kopf. Seit Rebecca verschwunden war, grübelte er ständig, wo sie wohl sein könnte und machte sich Sorgen, dass ihr etwas passiert sein könnte. Nun saßen die beiden missmutig da, bis Ralf schließlich fragte: »Hey Kumpel, was ist denn mit dir los? Du hast doch dein Glück gefunden.«

»Ja, das dachte ich auch«, antwortete dieser resigniert. »Aber im Moment ist das alles nicht so lustig. Tamara hat sich verändert. Es geht ihr, glaube ich, nicht gut. Ich hoffe, dass sie nicht krank ist. Sie verschweigt mir etwas und zieht sich immer mehr zurück. Sie ist die Liebe meines Lebens, da bin ich mir schon sicher, aber so will ich die nächsten Jahre nicht verbringen.«

»Was sind denn das für Töne? Das glaube ich ja nicht. Dann frag sie doch einfach, was sie hat.« Normalerweise war Ralf von solchen Gesprächen immer genervt, aber im Moment war er eher bereit sich auszutauschen, konnte er doch selbst fast keine Stunde vergehen lassen, ohne an Rebecca zu denken. Er hatte bis zu diesem Zeitpunkt gedacht, dass er sich nie verlieben würde.

»Du bist gut. Was meinst du denn, was ich gefühlt tausendmal gemacht habe? Natürlich habe ich sie gefragt, was sie hat. Sie weicht mir aber immer aus und sagt, es wird schon wieder.«

Ralf grinste vor sich hin. »Du bist halt einfach zu ungeduldig. Dann musst du eben ein ernsthaftes Gespräch mit ihr führen und ihr sagen, dass du so nicht weitermachen kannst.«

Robert schaute seinen Freund an. »Mal sehen. Und was ist mit dir? Du siehst auch nicht gerade sehr glücklich aus«, stellte er fest.

»Nein, bin ich auch nicht«, antwortete er zögernd. »Ich weiß auch nicht.«

»Hey, du bist verliebt«, stellte sein Freund grinsend fest.

Nachdem keine Antwort kam, fuhr er fort: »Das ist der Hammer. Wer hätte das gedacht? Dass ich das mal erleben darf. Wer ist denn die Glückliche?«

»Jetzt hör aber mal auf. Ich weiß das doch selbst noch gar nicht genau.«

Nach kurzer Überlegung meinte er schließlich: »Es ist Rebecca.«

Robert fiel die Kinnlade runter. »Ja das ist ja….. ja wie finde ich denn das? Das ist doch super!«, stotterte er herum. »Und wo ist das Problem?«

»Hast du es vergessen? Ich weiß nicht, wo sie ist. Und ob sie überhaupt etwas für mich empfindet? Wahrscheinlich eher nicht. Becca wird froh sein, wenn sie ihren Spinner erstmal los hat und wird sich nicht gleich in die nächste Beziehung stürzen wollen.«

»Sie wird schon wieder auftauchen. Das ist ja nicht das erste Mal, dass sie verschwunden ist. Vielleicht kommt sie schon morgen wieder. Alles andere wird sich dann zeigen«, tröstete Robert seinen Freund.

»Hoffen wir es. Vielleicht habe ich auch einfach das Single-Dasein satt. Außerdem muss ich zugeben, Becca hat es mir schon angetan. Es wäre vielleicht einen Versuch wert, es miteinander zu probieren.«

»Auf jeden Fall. Darauf lass uns anstoßen.« Robert hob sein Bierglas und Ralf tat es ihm gleich.

»Auf unsere Frauen und darauf, dass Tamara sich wieder eingekriegt und sie hoffentlich nicht krank ist. Und natürlich darauf, dass Rebecca morgen wieder auf der Matte steht und ihr glücklich zueinander finden könnt.«

»Du Spinner«, musste Ralf nun doch grinsen und stieß mit seinem Kumpel an. Erfreulicherweise war er doch etwas abgelenkt gewesen. Das hatte ihm gutgetan und er sah die ganze Sache etwas optimistischer.

Auszeit

Rebecca hatte es sich gerade im Hof eines Cafés gemütlich gemacht. Nachdem sie den letzten Bissen eines hervorragenden Käsekuchens gegessen und ihren Milchkaffee ausgetrunken hatte, lehnte sie sich zurück, schloss die Augen und hielt ihr Gesicht der Sonne entgegen. So verharrte sie einige Minuten, bis das Klingeln ihres Handys sie aus ihren Träumen riss. Hastig angelte sie das Telefon aus der Tasche. Es war der erste Tag, an dem sie den Apparat eingeschaltet hatte. Sie hatte vergessen es wieder auszumachen, nachdem sie einen Anruf getätigt hatte, weil ein Termin abgesagt werden musste.

Rebecca klappte die Hülle auf und sah auf dem Display eine fremde Nummer. Schulterzuckend drückte sie auf „Gespräch annehmen" und erstarrte, als sie die Stimme von Matthias hörte. Sie wollte schon wieder auflegen, als er sich flehentlich meldete: »Bitte leg jetzt nicht auf. Ich muss dir etwas Wichtiges sagen. Ich mache dir auch keine Probleme mehr.«

Zuvor war ihr durch den Kopf geschossen, dass sein Name nicht angezeigt worden war. Er musste sein Handy gewechselt haben.

Aber gut, was konnte ihr schon passieren, wenn sie ihn jetzt anhörte. »Was ist los?«, fragte sie deshalb kurz angebunden.

»Ich wollte dir nur sagen, dass es mir leid tut. Ich hatte mich in den Gedanken verrannt, ohne dich nicht leben zu können.«

Rebecca verdrehte die Augen.

»Ich wollte dir auch nur sagen, dass du keine Angst haben musst, ich lasse dich ab jetzt in Ruhe. Alle suchen dich. Ich weiß nicht, wo du bist, aber ich bin jetzt auch erleichtert, dass dir anscheinend nichts passiert ist. Außerdem werde ich hier ständig bedroht von deinem Neuen. Also, du kannst wieder zurückkommen. Ich will nichts mehr von dir. Ich bin frisch verliebt und glücklich. Du hast von mir nichts mehr zu befürchten.«

»Okay«, antwortete Rebecca zögernd. »Wenn das wirklich so ist, dann freue ich mich für dich. Es ist nicht so, dass ich dich nicht mag, aber ich liebe dich nicht und das Leben mit dir war mir einfach zu anstrengend. Ich bin ein geselliger Mensch. Ich brauche den Kontakt zu meinen Freundinnen und mag mein Leben nicht nur mit einem Menschen verbringen, der dazu noch krankhaft eifersüchtig ist. Hoffentlich passt sie besser in dein Leben«, fügte sie noch hinzu und legte entschlossen auf.

Unendliche Erleichterung breitete sich in ihr aus. Dieses Kapitel war nun endgültig abgeschlossen. Aber nun musste sie sich endlich wenigstens bei Eliane und Klara melden.

Ihr schlechtes Gewissen meldete sich. Vielleicht haben sie mich schon vermisst und machen sich jetzt Sorgen, dachte sie. Zum ersten Mal machte sie sich darüber Gedanken. Zuvor waren in ihrem Kopf nur die Probleme mit Matthias gekreist. Rebecca rief die Bedienung, zahlte die Rechnung und verließ schon während sie die Nummer von Eliane heraussuchte, den Hof. Auf der Straße angekommen, nahm ihre Freundin das Gespräch auch schon entgegen und schimpfte sofort los, ohne sie zu Wort kommen zu lassen: »Hallo Becca. Gott sei Dank rufst du an. Wir machen uns alle große Sorgen.«

»Ja, das tut mir auch wirklich sehr leid. Ich habe nicht gedacht, dass ihr überhaupt bemerkt, dass ich weg bin.«

»Jetzt mach aber mal einen Punkt«, antwortete Eliane. »Und Klara? Die wohnt schließlich mit dir zusammen. Natürlich merkt sie, wenn du tagelang nicht da bist. Was denkst du dir eigentlich?«

»Die hat im Moment auch anderes im Kopf, denke ich mal.«

»Das hat doch aber nichts damit zu tun, dass sie ihre Freundin vermisst. Und dein Ralf, der dreht voll durch.«

»Wie, mein Ralf? Es ist nicht mein Ralf. Wie kommst du denn auf die Idee?« Aber Rebecca spürte doch wieder ihr Kribbeln im Bauch, wenn sie an ihn dachte und das war die meiste Zeit so, wenn sie nicht gerade mit Matthias und ihrer Angst beschäftigt war.

»Na, dann ist er es vielleicht noch nicht, wird es aber wahrscheinlich bald sein.« Eliane grinste vor sich hin. Rebecca konnte es regelrecht sehen und entgegnete: »Haha, ich habe die Nase voll von Beziehungen.« Außerdem glaubte sie nicht daran, dass dieses Gefühl auf Gegenseitigkeit beruhte.

»Dann sag ihm halt, es tut mir leid. Ich wusste nicht, dass er mich sucht. Es war ja soweit alles geklärt und ich komme morgen wieder zurück.« Sie kam sich selbst blöd vor bei ihren Worten. Ihr Herz klopfte bis zum Hals und sie tat so, als ob ihr der Mann total gleichgültig wäre.

Eliane lächelte weiter vor sich hin. Sie kannte ihre Freundin und erwiderte: »Alles klar, ich sage ihm, dass du gedacht hast, ihr hättet nichts mehr miteinander zu tun, weil alles in Sachen Matthias erledigt ist. Ich wünsche dir dann noch einen schönen Tag.«

Vollkommen perplex starrte Rebecca ihr Handy an. Eli hatte einfach aufgelegt. Kopfschüttelnd beschloss sie einen Spaziergang zu machen, anschließend in ihr Hotelzimmer zu gehen, ihre Sachen zu packen und irgendwo in einer Weinstube schön zu Abend zu essen. Morgen würde es dann Richtung Heimat gehen.

Zufrieden mit ihrem Entschluss schlenderte sie die Straße entlang Richtung Weinberge.

Überraschung

Klara schloss die Haustür der WG auf, betrat die Diele und zuckte zusammen, weil Klaus gerade sein Zimmer verließ und ihr entgegenkam. Sie hatten sich in den letzten Tagen immer nur flüchtig gesehen und engeren Kontakt vermieden. Beide taten so, als hätte es die Nacht nie gegeben. Das machte Klara sehr unglücklich. Sie nahm nach wie vor an, dass Klaus sie nur benutzen wollte.

Deshalb musste sie das Ganze beenden, bevor es noch schwieriger wurde. Dass Klaus so ähnlich dachte, nämlich, dass seine Mitbewohnerin kein Interesse an ihm hatte, konnte sie nicht wissen. Deshalb sagte sie nun betont lässig: »Hi Klaus.«

Er nickte ihr nur kurz zu, da er doch sehr gekränkt war, und verließ die Wohnung ohne weitere Worte mit einem mürrischen Gesicht.

Kopfschüttelnd und vollkommen ratlos schaute Klara ihm hinterher. Warum war der jetzt sauer. Er hatte wirklich überhaupt keinen Grund dazu. Das konnte sie nicht verstehen, denn schließlich machte sie es ihm so leicht. Und er war so was von undankbar. Die Tränen liefen ihr schon wieder übers Gesicht, wie so oft in den letzten Tagen. Hastig ging sie in die gemeinsame Küche, um sich einen Tee zu kochen.

Es waren keine fünf Minuten vergangen, als es klingelte. Sie eilte zur Tür, riss diese auf und erstarrte. Nicht schon wieder, dachte sie genervt, denn da stand niemand anderes, als die Ex-Freundin von Klaus. Sabine hielt ihr kleines Töchterchen an der Hand.

Abgelenkt durch dieses süße kleine Mädchen mit den geflochtenen Zöpfen und den beiden Grübchen auf den Wangen, zauberte sich sogar ein Lächeln auf Klaras Gesicht. »Hallo«, sagte sie zögernd.

»Hallo«, entgegnete Sabine freundlich.

Das wiederum verwunderte Klara sehr. »Klaus ist nicht da.«

»So was Blödes«, entgegnete Sabine zuckersüß. »Was mache ich denn jetzt nur?«

»Warum?«, fragte Klara ratlos.

»Es ist nämlich so… Können wir vielleicht kurz reinkommen?«

»Natürlich«, Klara ließ die beiden eintreten und führte sie ins Wohnzimmer. »Setzt euch doch«, sagte sie auf das Sofa deutend und zog für sich selbst einen Stuhl von der Esstischgruppe her.

»Es ist also so, ich habe mir in den letzten Tagen Gedanken gemacht, dass ich Semira ihren Vater nicht vorenthalten möchte«, fuhr Sabine fort. »Sie freut sich jedes Mal sehr, wenn sie ihn sieht. Ja, ich war gekränkt und es war natürlich auch nicht einfach für mich in den letzten Jahren als alleinerziehende Mutter, aber nun sehe ich ein, dass das mit Klaus und mir sowieso nichts geworden wäre. Außerdem habe ich jemanden kennengelernt und da bahnt sich jetzt was richtig Tolles an. Und ich möchte einfach für uns alle das Beste.«

»Hast du, ich meine, haben Sie schon mit Klaus darüber gesprochen?«

»Wir können gerne beim Du bleiben. Ich bin Sabine.«

»Klara«, entgegnete diese und überlegte fieberhaft, wohin dieses Gespräch führen würde.

»Nein, ich wollte in Ruhe mit ihm darüber sprechen, aber jetzt ist mir ein Notfall dazwischengekommen. Ich habe einen ganz wichtigen Termin mit meiner Mutter. Sie muss zum Arzt, weil es ihr nicht gut geht. Ich muss sie fahren, denn sie kann das im Moment nicht selbst tun. Da möchte ich die Kleine nicht mitnehmen.« Sabine sah richtig verzweifelt aus, also meinte Klara, bei der sich mal wieder ihr Helfersyndrom meldete: »Also, Klaus ist nicht da, aber wenn ich aushelfen kann? Ich habe heute frei«, sagte sie zögernd.

»Echt, würdest du das tun? Das wäre echt klasse. Ich bin auch in zwei Stunden wieder zurück«, versprach sie, erhob sich, küsste ihre Tochter und verließ eilig die Wohnung.

Etwas verblüfft und ratlos schaute Klara das kleine Mädchen an. Aber dieses machte es ihr leicht, indem sie strahlte und fragte: »Magst du mit mir spielen?«

»Gerne.« Klara bückte sich, so dass sie mit der Kleinen auf Augenhöhe war.

»Ich mag dich«, strahlte Semira. Damit war alles Wichtige gesagt.

»Ich mag dich auch. Du bist ein ganz tolles, hübsches Mädchen. Was magst du denn machen? Ich habe hier leider gar keine Spielsachen.«

»Hast du was zu malen?

»Natürlich, Papier und Stifte hat wohl jeder«, antwortete Klara lächelnd und holte die Sachen aus ihrem Zimmer. Nachdem alles auf dem massiven Holztisch ausgebreitet war, ergriff Semira einen Stift und begann hingebungsvoll zu malen.

Beeindruckt schaute Klara dem Mädchen zu. Sie konnte immer noch nicht fassen, was da gerade passiert war, aber es war ein schönes Gefühl die

Kleine hier zu haben, unabhängig davon, was Klaus für sie empfand.

Sie hatte Semira gleich in ihr Herz geschlossen.

Die nächsten zwei Stunden vergingen wie im Fluge und Klara tat es fast leid, dass das kleine Mädchen gleich abgeholt werden würde. Klaus war noch nicht erschienen, aber sie konnte ihm das ja dann alles erzählen. Auf sein Gesicht freute sie sich jetzt schon.

Klaus

Klaus schlenderte die Straße entlang und schon wieder kreisten seine Gedanken um Klara und gleich danach wanderten sie zu Sabine und Semira. Vor zwei Tagen hatte er mit seiner Ex-Freundin gesprochen und irgendetwas war da anders gewesen. Sie war nicht mehr so zickig und hatte ihm nicht so pampig geantwortet, wie er es gewohnt war. Irgendwie kam es ihm so vor, als ob Sabine etwas von ihm wollte. Aber was?

Sie würde doch nicht wieder etwas mit ihm anfangen wollen, schoss es Klaus durch den Kopf. Das käme allerdings für ihn nicht in Frage. Aber nein, den Gedanken verwarf er gleich wieder.

Das glaubte er dann doch nicht. Wie auch immer, er würde jetzt zu seinem Rechtsanwalt gehen und mit diesem besprechen, wie weiter vorzugehen wäre. Es musste doch eine Lösung geben, damit er Semira ein richtiger Vater sein konnte.

Versöhnung

Tamara betrat das Café durch den Seiteneingang. Ihre Arbeitszeit begann in zehn Minuten. Sie sah sehr blass aus. Der Grund dafür war nicht nur die Schwangerschaft, sondern dass sie Robert in den letzten Tagen kaum zu Gesicht bekommen hatte. Er war geschäftlich viel unterwegs und es war, als ob er es vermied, längere Zeit mit ihr zusammen zu sein. Das alles zerrte an ihren Nerven.

Nun wollte sie heute wenigstens die Sache mit Vivienne klären. Sie wusste, dass diese heute Morgen zusammen mit Eliane im Café gearbeitet hatte, da sie noch richtig eingelernt werden musste. Tamara hoffte, noch ein paar Minuten Zeit zu haben, um mit ihrer früheren Freundin sprechen zu können. Es war zwar recht voll, aber so wie es aussah, waren schon fast alle Gäste mit dem Mittagessen versorgt.

Vivienne eilte geschäftig umher. Schließlich erblickte Tamara Eliane hinter der Theke. Bei ihr angekommen, flüsterte sie ihr ins Ohr: »Hi Eli, meinst du, ich kann, bevor ich anfange, kurz mit Vivienne sprechen?«

»Aber klar doch«, erwiderte die Freundin. »Heute scheinen alle früher ihre Mittagspause zu haben. Die meisten Gäste sind versorgt. Da sind noch drei

Tische, aber die sind gerade erst gekommen, kein Thema, da kümmere ich mich drum. Geh mit Vivi in den Aufenthaltsraum.«

»Okay, ich danke dir.« Da kam Vivienne auch schon zurück Richtung Theke. Tamara ging auf sie zu und sagte: »Hallöchen. Hast du kurz Zeit? Ich will dir was sagen. Komm doch bitte kurz mit mir nach hinten in unseren Aufenthaltsraum.«

Fragend schaute die Freundin zu Eliane. Diese nickte zustimmend.

In dem kleinen Zimmer angekommen, setzte sich Vivienne unbehaglich auf das Sofa. Tamara schritt nervös hin und her, bis Vivienne schließlich sagte: »Hey Tami, du machst mich ganz nervös. Setz dich doch. Was ist denn los mit dir?«

»Es tut mir leid«, sprudelte es aus ihr heraus. »Mir geht es zurzeit nicht gut. Ich wollte dich nicht so behandeln, als du letztens hierhergekommen bist. Ich hatte einen ganz schlechten Tag und als ich dich dann gesehen habe, kam die alte Zeit wieder in mir hoch. Dein Verhalten damals......«

»Ja«, wurde sie unterbrochen. »Es war nicht nett, wie ich früher gewesen bin. Es tut mir auch aufrichtig leid. Es waren einfach die falschen Leute, mit denen ich mich die ganze Zeit abgegeben

117

habe. Da schließe ich meinen Mann nicht aus, aber glaub mir, so bin ich nicht mehr.«

»Ich weiß«, gab Tamara beschämt zu. »Und das freut mich auch. Und dass du jetzt hier bist, finde ich ebenfalls sehr schön«, lächelte sie. »Auf gute Zusammenarbeit!«

Die Freundinnen gingen aufeinander zu und umarmten sich. Beiden liefen die Tränen über die Wangen.

Die Wahrheit

Vollkommen erledigt nach der Arbeit im Café, schloss Tamara die Wohnungstür auf. Sie rief nach ihrem Lebensgefährten. Da sie keine Antwort vernahm, ging sie Richtung Schlafzimmer, weil sie von dort ein Geräusch gehört hatte. Was sie dort sah, nahm ihr den Atem. Robert packte gerade einen Koffer. Da sie wusste, dass keine Geschäftsreise geplant war - länger als eine Nacht war er sowieso nicht mehr unterwegs -, fragte sie irritiert: »Was machst du denn da?«

»Ich muss raus, damit ich auf andere Gedanken komme. Mir fehlt hier die Luft zum Atmen. Du redest nicht mit mir und sagst mir nicht, was los ist. Ich mag nicht mehr«, entgegnete er schroff.

»Bitte geh nicht.« Tamara flehte ihn an.

»Ich wollte schon die ganze Zeit mit dir reden, aber du hast mir keine Gelegenheit dazu gegeben. In letzter Zeit warst du ständig unterwegs. Bitte hör mir zu.« Tamara machte einen Schritt auf ihn zu und wollte ihn umarmen, aber er wich zurück. Panik ergriff sie. War denn schon so viel kaputt gegangen in ihrer Beziehung, dass nichts mehr zu retten war? »Bitte«, wiederholte sie sich leise.

Nun schaute Robert in ihr blasses Gesicht und bekam es mit der Angst zu tun. War seine Freundin vielleicht doch schwer krank?

»Also gut«, sagte er deshalb einlenkend.

»Ich höre mir an, was du zu sagen hast. Danach werde ich ein paar Tage wegfahren, um nachzudenken.«

»Okay«, nickte Tamara. »Lass uns rüber ins Wohnzimmer gehen.«

Nachdem sie steif nebeneinander auf der Couch Platz genommen hatten, holte sie tief Luft und sagte: »Ich hatte furchtbare Angst es dir zu sagen. Ich dachte, du würdest mich verlassen, aber inzwischen ist es auch vollends egal. Ich habe eingesehen, dass ich dich auch so verlieren werde. Aber ich kann gar nicht anders, ich werde...«

»Was kannst du nicht anders? Um Himmels willen, rede doch! Was hast du gemacht?«

»Ich bin schwanger«, sagte sie kurz und knapp. Jetzt war es raus. »Und ganz egal, ob du jetzt gehst oder nicht. Ich weiß, dass du noch keine Familie haben möchtest. Vielleicht auch nie. Aber ich werde das Kind bekommen, mit dir oder ohne dich«, fuhr sie trotzig fort.

Fassungslos schaute Robert seine Lebensgefährtin an. Es hatte ihm regelrecht die Sprache verschlagen. Wenn er mit allem gerechnet hatte, aber damit nicht. In seinem Kopf wirbelte alles durcheinander. Dann bemerkte er, dass ihn pure Erleichterung durchflutete. Er hatte so eine Angst gehabt, sie zu verlieren. Tamara war der Mittelpunkt seines Lebens geworden, das war ihm bewusst. Er war erleichtert, dass sie nicht krank war. Er hatte nie vorgehabt, sich fest zu binden, aber der Gedanke, ohne Tamara zu sein, war für ihn unvorstellbar. Vielleicht war es ja auch schön, ein gemeinsames Kind zu haben. Er wollte doch sowieso sesshaft werden. Auf Geschäftsreisen ging er kaum noch, da er alles von zu Hause aus regeln konnte. Nachdenklich schaute er Tamara an und meinte schließlich: »Komm her, du Dummerchen.«

Vor Erleichterung seufzend, ließ sich das Tamara nicht zweimal sagen und kuschelte sich an ihren Freund. Nun konnte sie die Tränen nicht mehr zurückhalten. Aber es waren Tränen der Erleichterung. Damit hatte sie nicht gerechnet, dass Robert so reagieren würde.

Es war klar, er würde seinen Koffer wieder auspacken, aber erst später, viel später...

Pfalz

Rebecca packte ihre Sachen in den Koffer, warf noch einen wehmütigen Blick auf das wunderschöne Zimmer der Pension und verließ den Raum, um an der Rezeption ihre Rechnung zu bezahlen. Sie wurde mit einem strahlenden Lächeln von der Chefin persönlich begrüßt: »Guten Morgen. Haben Sie gut geschlafen?«

»Ja, wunderbar. Am liebsten würde ich noch ein paar Tage hierbleiben.«

»Aber das ist doch schön. Das tun Sie ja auch«, meinte Frau Müller mit einem verwunderten Blick auf Rebeccas Gepäck.

»Wie? Nein, das muss ein Missverständnis sein. Ich habe bis heute gebucht und möchte jetzt auschecken.«

»Das kann nicht sein«, kam die Antwort.

»Das Zimmer ist bis zum Wochenende gebucht.«

»Da muss ein Fehler unterlaufen sein. Ich fahre heute zurück. Machen Sie mir bitte die Rechnung fertig. Es tut mir leid, wenn das Zimmer jetzt nicht belegt ist.« Dann sah sie irritiert in das lächelnde Gesicht der Pensionsbesitzerin, die sich schließlich räusperte: »Also, das Zimmer wurde verlängert. Es war nicht von Anfang an für diese Zeit gebucht.«

»Verlängert?« Jetzt war Rebecca absolut verwirrt. Plötzlich ertönte hinter ihr eine inzwischen vertraute Stimme: »So ist es. Wir bleiben noch.«

Sie fuhr herum und starrte in das grinsende Gesicht von Ralf. Einen kurzen Moment verschlug es ihr regelrecht die Sprache, dann fragte sie ratlos: »Was um alles in der Welt machst du hier?«

»Ich habe dich gesucht und gefunden«, antwortete er strahlend.

»Wie hast du mich gefunden? Es weiß doch gar niemand, wo ich bin.«

Außer Eli, aber die weiß es doch auch nicht genau, schoss es ihr durch den Kopf.

»Tja, ich habe da so meine Methoden«, lächelte er. »Ich erzähle es dir nachher. Lass uns erstmal wieder auspacken.«

Tatsächlich hatte er sämtliche Pensionen im Internet herausgesucht und angefangen die einzelnen anzurufen. Schließlich hatte er Glück gehabt, denn Nummer zehn war ein Volltreffer gewesen. Ralf hatte jedes Mal einfach ihren Namen genannt und gesagt, er müsse in einer ganz dringenden Angelegenheit mit Rebecca sprechen.

Und siehe da, es hatte funktioniert. Spontan konnte er in seiner Firma Urlaub nehmen und nun war er da. Alles oder nichts, hatte er sich in den Kopf gesetzt.

Nun verwandelte sich Rebeccas Gesichtsausdruck. Aus dem fassungslosen wurde ein glückliches Strahlen. Plötzlich konnte sie nicht mehr an sich halten und fiel ihm einfach um den Hals.

»Ich glaube es nicht«, stammelte sie dabei vor sich hin. Sie küsste ihn auf die Wangen und schließlich auch auf den Mund und war vollkommen aus dem Häuschen. Mit Freude sah Frau Müller bei der Begrüßung zu. Das ist ja wie im Liebesroman. Da könnte man ein Buch drüber schreiben, dachte sie sich und nahm sich vor - sie war schließlich Hobbyautorin -, gleich am Abend damit anzufangen. Ihre beiden Gäste waren inzwischen schon Händchen haltend nach oben verschwunden, wo sich das Zimmer von Rebecca befand. Ralf hatte sich ihren Koffer geschnappt. Seinen eigenen würde er später aus dem Auto holen. Glücklicherweise war ein Zimmer direkt neben dem ihren frei geworden. Für alle Fälle hatte er es gebucht, da er sich nicht gleich bei Rebecca einmieten wollte, schließlich konnte er nicht wissen, wie sie ihn empfangen würde. Außerdem wollte er sich nicht bedrängen.

Die veränderte Klara

Klaus kam von seinem Termin zurück und schloss die Wohnungstür auf. Er wusste nicht, dass vor zehn Minuten seine Ex-Freundin mit Semira das Haus verlassen hatte. Er wollte sich gerade leise in sein Zimmer begeben, als die Wohnzimmertür aufgerissen wurde. Klara stand im Türrahmen, strahlte ihn an - was ihn vollkommen verblüffte - und sagte: »Komm doch bitte mal kurz.«

Er überlegte sich gerade eine Ausrede, als sie ihn drohend anblickte und meinte: »Es ist wichtig. Wichtig für dich, nicht für mich«, fügte sie noch hinzu. Also gab er sich geschlagen und folgte ihr. Sie setzte sich an den Esstisch, er tat es ihr gleich und fragte kühl: »Was gibt's? Wie sieht es hier überhaupt aus?«

Überall lagen Blätter mit kindlichen Malereien verstreut auf dem Tisch und ebenfalls auf dem Fußboden.

»Hattest du Kinderbesuch?«

»Ja«, lächelte Klara ihn an. »Ein süßes, kleines sechsjähriges Mädchen.«

»Echt?«, mehr brachte er nicht heraus.

»Eine Verwandte von dir?«

»Nein«, entgegnete Klara heiter, »außer wenn wir heiraten, dann ist es mein Stiefkind.«

Nun entgleisten ihm regelrecht die Gesichtszüge. »Was redest du denn da?«, äußerte er sich schroff.

»Tatsächlich habe ich auf dein Töchterchen aufgepasst.«

»Waaas? Wie das? Das gibt es doch gar nicht.«

»Doch, das gibt es«, entgegnete sie gutgelaunt. »Deine frühere Freundin war da. Sie war in Bedrängnis, weil sie einen wichtigen Termin und niemand für Semira hatte. Du warst nicht da und kurzerhand habe ich mich angeboten, auf sie aufzupassen. Wir verstehen uns übrigens super, deine Ex und ich.« Klara musste ihn einfach noch ein bisschen quälen. Er antwortete nicht gleich, da ihm die Worte fehlten. Nach einer längeren Pause meinte er nachdenklich: »Als ich letztes Mal mit ihr gesprochen habe, war sie schon etwas zugänglicher. Hat sie einen Neuen?«

»Du sagst es«, antwortete Klara.

»Okay, und was bedeutet das jetzt für mich?«

»Du kannst deine Tochter nun regelmäßig sehen. Ihr werdet euch sicherlich arrangieren. Ich spiele das Theater auch gerne mit, wenn du möchtest.« Gespielt kühl betrachtete sie ihn. Inzwischen hatte sie sich verändert. Die sanfte Klara, die jeder nur so kannte, gab es im Moment nicht mehr. Aber das war natürlich nur äußerlich, denn sie litt sehr unter der unangenehmen Situation. Ging sie doch immer noch davon aus, dass Klaus keine ehrlichen Absichten mit ihr hatte. Und Klaus wiederum dachte, nachdem Klara ihn morgens fortgeschickt hatte, dass sie nur ein Abenteuer wollte. Deswegen erhob er sich und ging nach einem kurzen Abschiedsgruß in sein Reich. Plötzlich empfand Klara eine heftige Leere in sich. Das glückliche Gefühl von vorhin war weg. Wie sollte das alles nur weitergehen? Am besten suchte sie sich eine andere Bleibe.

Stadtbummel

Eliane und Tamara befanden sich in der Pforzheimer Fußgängerzone. Sie hatten sich in der Eisdiele ein Eis geholt und sich dann auf den neuen Sitzgelegenheiten in der frisch hergerichteten Fußgängerzone niedergelassen.

»Sieht doch richtig gut hier aus«, äußerte sich Tamara.

»Ja, finde ich auch«, stimmte Eliana zu. »Es ist jetzt alles so großflächig und offen. Das gefällt mir.«

Eine Weile schwiegen die beiden, hingen ihren Gedanken nach und gaben sich ganz dem Genuss ihres Eises hin. Nach längerem Schweigen fragte Tamara: »Was ist jetzt eigentlich mit Becca? Hast du was von ihr gehört?«

»Nicht viel«, stöhnte Eliane. »Eigentlich wollte sie schon gestern zurückkommen. Keine Ahnung. Aber ich habe da eine Vermutung. Ralf kam zu mir ins Café gestürmt. Da hatte ich kurz zuvor mit ihr am Telefon gesprochen. Und seitdem weiß er, dass sie in der Pfalz ist. Zwar nicht genau wo, aber ich kann es mir ungefähr denken und habe die Info an Ralf weitergegeben. So wusste er zumindest ungefähr die Gegend, in der sie sich aufhalten könnte. Wenn sie mich dafür auch beschimpfen wird. Wie ich die Sache einschätze und so wie er davongestürmt ist, befindet er sich jetzt auch dort.« Lächelnd wandte Eliane ihr Gesicht der Sonne entgegen und seufzte zufrieden vor sich hin. »Ist das nicht herrlich, hier zu sitzen bei diesem Wetter?«

»Ja, da kann man es aushalten. Vor allem ist es nicht zu heiß. Einfach perfekt«, pflichtete die Freundin ihr bei. Beide hatten heute einen freien Nachmittag. Den hatte Timo ihnen geschenkt. Dafür würde er für zwei arbeiten, hatte er grinsend gemeint. Ganz so war es in Wirklichkeit nicht, denn Vivienne war zur Stelle, um ihm zu helfen. Die beiden Frauen hatten sich das nicht zweimal sagen lassen.

»Was hältst du eigentlich von der Geschichte mit Klara und Klaus«, wollte Eliane nun wissen.

»Keine Ahnung. Aber du hast doch gesagt, dass die beiden, als Klaus beim Stammtisch dabei war, so glücklich ausgesehen haben.«

»Stimmt. Klaus hat sie angehimmelt. Ich kann mir nicht vorstellen, dass er so berechnend ist und das alles nur wegen dem Kind macht. Ich frage mich, ob sie das nicht falsch sieht. Aber gut, das müssen die beiden selbst miteinander ausmachen.

Da können wir nichts tun.«

»Du hast Recht. Ich bin so froh, dass ich Robert jetzt endlich das mit der Schwangerschaft gebeichtet habe und vor allem hätte ich niemals damit gerechnet, dass er so reagiert. Er freut sich richtig auf das Kind. Wir werden eine Familie sein«, freute sich Tamara.

»Das hätte ich dir gleich sagen können, du Dummerchen.«

»Aber du weißt doch, wie er früher war.«

»Stimmt. Früher war früher und jetzt ist jetzt«, entgegnete Eliane bestimmt. »Auf jeden Fall hat er sich geändert.«

»Es scheint so«, lächelte Tamara. »Mir ist in den letzten Tagen, nach dem Stammtisch, als sich unsere Sorgenkinder vom letzten Jahr getroffen haben, wieder mal klargeworden, dass man wirklich jeden Tag genießen muss. Sie sahen so fröhlich aus und haben so nett miteinander geplaudert.«

»Das ist mir seit meiner Krebsdiagnose und anschließender Chemotherapie sowieso bewusst. Aber manchmal vergisst man das nach einer gewissen Zeit auch wieder«, antwortete Eliane nachdenklich. »Man kann nicht nur arbeiten. Und wir müssen uns auch um uns kümmern, also ich meine jetzt auf Timo und mich bezogen. Daher bin ich sehr froh, dass Vivienne jetzt da ist und uns hilft. Und ich bin so glücklich darüber, dass wir ihr helfen konnten, sie aus dieser unangenehmen Situation herauszuholen und sie von der missglückten Ehe abzulenken.«

»Ich glaube, wir kamen gerade noch rechtzeitig. Ich meine, du hast sie gerettet«, entgegnete Tamara schuldbewusst.

»Nein, du hast auch dazu beigetragen, indem du es mir erzählt hast. Jeder hat mal Probleme und kann sich nicht immer, wie du schon gesagt hast, um andere kümmern. Auf jeden Fall bin ich sehr froh, dass alles so gut ausgegangen ist und dass ich mich nicht noch um eine vertrauenswürdige Aushilfe bemühen muss. Außerdem freue ich mich, nun endlich mit Timo in den Urlaub gehen zu können. Wir haben auch schon gebucht, eine Woche Fuerteventura. Ich freue mich riesig.«

»Das ist echt super. Wann geht's denn los?«

»In zwei Wochen«, strahlte Eliane.

»Das freut mich. Das habt ihr euch echt verdient.«

»Komm, lass uns einen Kaffee trinken gehen und den Tag ausnutzen.«

»Super Idee. Wir müssen schließlich auch mal andere Cafés kennenlernen.«

Lachend erhoben sich die Freundinnen.

Tamara hakte sich bei Eliane ein und sie schlenderten die Fußgängerzone entlang.

Neue Freundschaft

Klara befand sich auf dem Turnplatz in Pforzheim. Dort fand jede Woche mittwochs der Markt statt. Sie hatte sich an einem Gemüsestand in die Warteschlange gestellt und überlegte, was es heute zu essen geben könnte. Sie war an der Reihe für sich und ihre Mitbewohner zu kochen. Am besten vielleicht eine Schüssel mit verschiedenen Salaten. Dazu konnte sie dann Baguette anbieten....
Plötzlich tippte ihr jemand auf die Schulter.
Erschrocken fuhr sie herum und schaute direkt in das Gesicht der Ex-Freundin von Klaus. Diese lächelte sie freudig an. Klara erwiderte das Lächeln und sagte: »Hallo Sabine, was für eine Überraschung. Bist du auch beim Einkaufen? Blöde Frage«, Klara schlug sich mit der Hand an die Stirn. »Was soll man denn sonst machen, wenn man am Gemüsestand steht.«
Beide mussten lachen und Sabine antwortete: »Man könnte ja auch einfach nur rumbummeln.«
»Stimmt. Ich überlege gerade, was ich heute Mittag kochen soll. Ich habe noch Urlaub und normalerweise essen wir abends sogar manchmal zusammen, also zumindest Rebecca und ich. Die ist aber noch nicht da und ich weiß nicht, was Klaus

heute vorhat«, verhaspelte sie sich etwas.

Das ist aber auch eine blöde Situation, schließlich denkt Sabine, wir wären ein Paar, schloss es ihr durch den Kopf. »Ich koche jetzt einfach heute Mittag vor und heute Abend wird man dann sehen«, fuhr sie fort.

Sabine unterbrach sie mit den Worten: »Weißt du was? Hast du vielleicht ein bisschen Zeit? Wir könnten einen Kaffee trinken gehen. Gerade da vorne - sie deutete mit dem Kopf in Richtung Stadtmitte - gibt es ein nettes Café.«

Klara zögerte kurz. Was soll's. Vielleicht kann ich dann mehr über die Hintergründe der Probleme von ihr und Klaus erfahren, dachte sie sich dann aber und entgegnete: »Ja doch, gerne. Dann werde ich auf dem Rückweg einkaufen. Es ist schließlich erst 10 Uhr«, stellte sie mit einem Blick auf ihre Armbanduhr fest.

»Okay, lass uns gehen.« Die beiden gingen schnellen Schrittes die Straße entlang. Klara wollte jetzt nicht erwähnen, dass sie eigentlich lieber ins Café Früher gehen wollte. Außerdem konnte man wirklich auch mal woandershin, um etwas zu trinken, stellte sie fest. Dort angekommen war Selbstbedienung angesagt. Nachdem sie sich ein Getränk und ein süßes Stück geholt hatten, schaute Sabine ihre Begleiterin an und fragte zögernd: »Du Klara, ich wollte dich mal was fragen. Du hast letztens so toll auf Semira aufgepasst. Sie war danach ganz glücklich und hat gefragt, ob sie mal wieder zu dir gehen dürfe. Es ist vielleicht etwas zu viel verlangt, aber ich hätte diese Woche noch mal einen wichtigen Termin. Und ich muss mit Klaus erst klären, wie wir das in Zukunft machen. Ich möchte ihm vorschlagen, dass wir unsere Streitigkeiten beiseite legen und er regelmäßig seine Tochter sehen kann. Bei mir bahnt sich gerade eine neue Beziehung an und ich trage ihm auch nichts nach. Ich war einfach verbohrt und gekränkt, aber ich möchte jetzt auch für unsere Tochter ein geregeltes Leben haben. Wie er mir gesagt hat, arbeitet er diese Woche viel. Aber ich wüsste nicht, wen ich sonst fragen könnte. Meine Mutter ist noch krank, sonst würde ich dich nicht belästigen. Würdest du vielleicht noch mal auf sie aufpassen?«

»Na klar«, antwortete Klara, die sowieso nie nein sagen konnte. Außerdem hatte sie die Kleine richtig ins Herz geschlossen. »Das kann ich gerne machen. An welchen Tag hattest du denn gedacht?«

»Morgen«, antwortete Sabine verlegen.

»Kein Problem, ich kann sie auch abholen. Ich weiß jetzt, wo du wohnst. Du hast es mir ja vorhin gezeigt. In der Kaiser-Friedrich-Straße.«

»Okay, das wäre super. Wenn du sie um 15 Uhr abholen könntest?«

»Klar, kein Problem, mache ich gerne.«

Klara stellte fest, dass Sabine eigentlich ganz nett war und die Sympathie beruhte auf Gegenseitigkeit. Allerdings schlich sich bei Klara ein schlechtes Gewissen ein, wegen ihrer Unaufrichtigkeit. Das musste sie bei nächster Gelegenheit klären. Vielleicht sollte sie darüber zuerst mit Klaus sprechen, der hatte ihr schließlich das Dilemma eingebrockt. Fest entschlossen, alles richtigzustellen, schlenderte sie, nachdem sie fertig gegessen und getrunken hatten, zusammen mit Sabine zum Markt zurück. Die beiden unterhielten sich angeregt. Sie hatten regelrecht die Zeit vergessen. Fast zwei Stunden waren inzwischen vergangen.

Das Liebespaar

Nachdem Rebecca und Ralf das Gepäck in die jeweiligen Zimmer gestellt hatten, beschlossen sie einen ausgiebigen Spaziergang zu machen.

Es herrschte ein erwartungsvolles Schweigen zwischen ihnen, nur hin und wieder machten sie sich gegenseitig auf die schöne Landschaft aufmerksam.

Nun saßen sich die beiden in einer gemütlichen Weinstube etwas verlegen gegenüber und plauderten über Belangloses. Sie waren angenehm müde, weil es fast schon an eine Wanderung gegrenzt hatte, so weit waren sie gelaufen. Jetzt war es an der Zeit, etwas zu sagen, denn das Schweigen machte sie schon etwas verlegen. Nur traute sich keiner, den Anfang zu machen. Rebecca hob den Kopf und sah Ralf tief in die Augen.

Schließlich ergriff er das Wort: »Becca, ich weiß selber nicht, wie mir geschieht, aber eigentlich, denke ich, habe ich mich vom ersten Moment an in dich verliebt«, druckste er herum. »Ich konnte in den letzten Tagen an nichts anderes mehr denken und war voller Panik, dass dir etwas passiert sein könnte.«

»Es tut mir schrecklich leid, dass ich mich nicht gemeldet habe.

Und ja, es war sehr egoistisch von mir. Aber ich dachte, es merkt sowieso niemand«, entgegnete sie beschämt.

»Aber damit du es weißt, ich habe auch die meiste Zeit an dich gedacht.« Scheu blickte Rebecca ihn an.

Erfreut streckte Ralf seine Hand über den Tisch und ergriff vorsichtig die ihre. Freudig erwiderte sie seinen Händedruck. Lange Zeit saßen sie nur da, redeten nicht viel und genossen die Zweisamkeit. Dann tranken sie ihre Weingläser leer, erhoben sich wortlos und gingen zurück in die Pension. Ralf benötigte sein Zimmer in dieser Nacht nicht mehr.

Die Erkenntnis

An diesem Nachmittag war jeder Tisch im Café besetzt. Tamara und Vivienne arbeiteten heute gemeinsam. Sie eilten von einem Tisch zum anderen, bedienten, kassierten und räumten das Geschirr weg. Dazwischen war kaum Zeit, ein Wort miteinander zu wechseln. Plötzlich öffnete sich die Tür. Vivienne schaute ahnungslos in die Richtung und erstarrte. Niemand anderes als ihr Mann betrat den Raum. Auch Tamara starrte entsetzt dorthin, als sie sah, wie ihre Freundin, in Zeitlupe, auf Andreas zuging. Was kam da auf sie zu? Was wollte er? Auf dem Weg hatte Vivienne das schmutzige Geschirr auf der Theke abgestellt und Tamara hatte es wortlos entgegengenommen, um es in die Küche zu bringen. Die Freundin war währenddessen bei ihrem Mann angekommen und fragte unsicher: »Was willst du denn hier?

Woher weißt du überhaupt, wo ich arbeite?«
»Ganz einfach, ich bin dir gefolgt«, antwortete dieser, »aber ich bin nicht gekommen, um mit dir zu streiten. Können wir irgendwo unter vier Augen miteinander reden?«
Irritiert schaute Vivienne ihren Mann an, der ruhig und mit sanftem Tonfall sprach.

Kurz zögerte sie, meinte dann aber: »Komm kurz mit nach hinten in den Aufenthaltsraum. Aber lange habe ich nicht Zeit. Du siehst ja, was hier los ist.« Sie sagte der Kollegin Bescheid und verschwand mit ihrem Mann im hinteren Zimmer.

Erwartungsvoll und ängstlich schaute Andreas sie an. »Du arbeitest jetzt also hier«, fragte er fast schüchtern.

»Ja und es macht mir richtig Spaß«, antwortete sie provozierend.

»Okay, ist ja gut. Ich wollte dir auch nur sagen, dass es mir schrecklich leid tut, was passiert ist. Alles! Das mit Anita…. das war, ich weiß nicht, was das war. Es hat überhaupt nichts zu bedeuten. Mir ist klargeworden, dass ich dich liebe und nicht verlieren möchte.«

Fassungslos schaute Vivienne ihren Mann mit offenem Mund an. Damit hatte sie nun wirklich nicht gerechnet und dachte, sich verhört zu haben. In Sekundenschnelle purzelten sämtliche Gedanken durch ihren Kopf. Schließlich blickte sie ihn traurig an und erwiderte: »Andreas, es tut mir leid. Es ist zu spät. Ich war schon seit längerem nur unglücklich in unserer Ehe. Das ist mir jetzt klargeworden. Ich will so nicht weitermachen.«

Entsetzt schaute Andreas seine Frau an. Zuerst wollte er wütend werden, besann sich dann aber eines Besseren und erwiderte: »Vielleicht gibt es ja noch Hoffnung, dass du deine Meinung änderst.« Bittend sah er sie an und hob, bevor sie antworten konnte, abwehrend die Hände. »Bitte sag jetzt nichts. Überleg es dir noch mal. Du weißt, wo du mich findest. Ich bin wieder zu Hause.«

Er drehte sich um und verließ das Café mit hängenden Schultern. Nachdenklich schaute Tamara ihm hinterher. Vivienne kam wieder zurück, um weiter zu arbeiten. Mit dem Kopf war sie allerdings nicht ganz bei der Sache. Sie konnten doch jetzt unmöglich im gemeinsamen Haus zusammenwohnen. Die ganze Zeit hatte er sich nicht mehr blicken lassen und nun das. Es lag an ihr, einen Schlussstrich zu ziehen. Die Frage war nur, wo sollte sie so lange wohnen, bis sie etwas Eigenes gefunden hatte? Für sie war klar, dass sie nicht mehr bei ihm bleiben wollte. Nach Feierabend erzählte sie Tamara alles. Diese meinte: »Super hast du das gemacht Vivi. Ich habe ihn noch nie leiden können. Seine arrogante Art war mir schon immer zuwider. Außerdem siehst du nun viel glücklicher aus.«

»Das bin ich auch, aber trotzdem muss ich mein Leben erst in den Griff bekommen. Ich habe keine Ahnung, wo ich jetzt hingehen soll. Ich kann in dem Haus nicht bleiben, wenn er dort jetzt wieder wohnt.«

Nachdenklich starrte die Freundin vor sich hin. »Vielleicht kannst du in der WG von Klara, Klaus und Rebecca unterkommen«, meinte sie nachdenklich.

»Das wäre allerdings großartig, wenn das für ein paar Tage ginge, wenn alle einverstanden sind. Ich könnte auf dem Sofa schlafen. Meinst du denn, dass das für die anderen in Ordnung wäre?«

»Das kann ich mir schon vorstellen. Ich werde gleich mal nachfragen.«

Vivienne atmete erleichtert auf. »Das ist lieb von dir. Ich könnte auch direkt nach Feierabend bei ihnen vorbeigehen und die Einzelheiten klären.«

»Mach das. Ich gebe dir nachher noch Bescheid, wenn ich sie erreicht habe. Jetzt gehe ich erstmal nach oben. Schließ du nachher bitte ab.«

»Alles klar, mache ich.« Sie umarmte Tamara und machte sich anschließend ans Aufräumen.

Inzwischen hatte sich das Café schon ziemlich geleert. Es war halb sechs und die meisten Gäste gingen um diese Zeit nach Hause, um das Abendessen vorzubereiten. Vivienne schloss, nachdem alle gegangen waren, die Tür und wischte noch den Boden. Dann wartete sie, bis Tamara ihre Freunde erreicht hatte und ihr das Okay geben würde, in der WG vorbeizuschauen. Sie war optimistisch. Die drei Bewohner waren alle sehr nett und hilfsbereit.

Kindermädchen

Klara ging die Schwarzwaldstraße hinunter, bog links ab Richtung Turnplatz um in die Kaiser-Friedrich-Straße zu gelangen. Dort wollte sie bei der Ex-Freundin von Klaus die kleine Semira abzuholen. Tatsächlich hatten sich die beiden Frauen angefreundet und Klara hatte angeboten, ab und zu mal auf das Töchterchen von Klaus und Sabine aufzupassen. Es war schon das dritte Mal in dieser Woche, dass Klara Sabine aus der Patsche half, damit diese wichtige Termine wahrnehmen konnte. Ausgerechnet in den letzten Tagen musste Klaus sehr viel arbeiten. Außerdem waren die beiden noch nicht ganz soweit, dass das alles reibungslos klappen würde. Sie mussten sich erst noch richtig miteinander aussprechen. Sabine, die im ersten Stock wohnte, öffnete die Tür und begrüßte Klara freudig: »Hallo, schön dich zu sehen. Klaus kann wirklich froh sein, so eine tolle Freundin gefunden zu haben.«

Sofort schlich sich bei Klara wieder ein schlechtes Gewissen ein, denn sie hatte Sabine immer noch in dem Glauben gelassen, mit ihrem Mitbewohner liiert zu sein. Das musste so schnell wie möglich geklärt werden, nahm sie sich fest vor und antwortete: »Kein Problem, ich mache das doch gern. Ich habe die ganze Woche Urlaub und eh nichts Wichtiges zu tun. Ein bisschen erholen, das reicht mir schon. Da kommt mir so eine kleine Abwechslung gerade gelegen. Es ist schön, mit der Kleinen zusammen zu sein. Ich liebe Kinder und habe keine eigenen. Das passt schon«, entgegnete Klara.

»Das freut mich. Ich bin auch froh, dass ich das mit Klaus jetzt so auf die Reihe bekomme. Gefühle waren da schon lange keine mehr. Es war nur der Frust. Dass es damals schiefgelaufen war, dafür konnte niemand was. Sagen wir mal, er hat mich nicht wirklich sitzen gelassen. Er wusste ja nicht, dass ich schwanger war. Ihm lag halt einfach nichts an mir und das habe ich eigentlich nie richtig verdauen können. Aber nun habe ich eine neue Beziehung begonnen und das fühlt sich gut an. Und natürlich möchte ich Semira nicht den Vater vorenthalten.«

»Klar, das ist doch auch für alle Beteiligten am besten so«, erwiderte Klara.

In der Zwischenzeit hatte Sabine die Kleine angezogen. Diese freute sich riesig, weil sie sich bei ihrer neuen Freundin immer sehr wohl fühlte.

»Können wir wieder malen«, plapperte sie auch sogleich los.

»Gerne.« Lächelnd ergriff Klara das kleine Händchen von Semira und verließ mit ihr das Haus, nachdem deren Mutter sie fest an sich gedrückt und geküsst hatte. Die Kleine hatte es kaum erwarten können und sich eiligst aus den Armen und von Sabine befreit.

Neue Unterkunft

Nachdem Vivienne die Tür des Cafés abgeschlossen hatte, ging sie in Begleitung von Eliane zu dem Haus, in dem sich die WG befand. Tamara hatte sich überlegt, dass es vielleicht wäre, wenn Eliane das mit den Übernachtungen klären würde. Sie selbst war zwar auch mit Klara und Rebecca befreundet, aber nicht ganz so eng, wie es Eli war. Kurz nach dem Klingeln ertönte Klaras Stimme durch die Gegensprechanlage. Sie drückte auf den Türöffner, ohne eine Antwort abzuwarten, als ob ihr gerade eingefallen wäre, dass es sich nur um ihre Freundin und deren Begleiterin handeln könne. Schließlich rief sie noch hinterher: »Kommt hoch, ich lass die Tür offen. Kommt einfach ins Wohnzimmer.«

Verwundert schauten sich die beiden an. Was war denn mit Klara los? Oben angekommen, war von ihr tatsächlich weit und breit nichts zu sehen. Deshalb gingen sie ins Zimmer und sahen erstaunt, dass Klara mitten im Raum stand, mit einer Barbie-Puppe in der Hand. Und auf dem Boden lagen lauter Papierblätter und Stifte verstreut. Mitten in dem Chaos saß ein kleines Mädchen, das wie ein kleiner Engel aussah. Fasziniert schauten die Besucherinnen die Kleine mit ihren blonden Locken an, die sich um ihr schmales, süßes Gesicht kringelten. Ihr Mund war mit Schokoladeresten verschmiert.

»Was ist denn hier passiert?« fragte Eliane, noch ganz benommen von dem goldigen Anblick der Kleinen. »Haben wir was verpasst?«

»Natürlich nicht. Obwohl, vielleicht doch ein bisschen.« Klara lächelte.

»Wie sollen wir das denn jetzt verstehen«, ließ Eliane nicht locker.

»Das ist eine lange Geschichte.«

»Wir haben Zeit«, meinten beide wie aus einem Munde, nachdem sie sich zustimmend angeschaut hatten.

»Aber ich nicht«, entgegnete Klara bestimmt.

»Was hast du denn da für eine Puppe in der Hand? Ist das noch aus deinem eigenen Sortiment?«

»Klar, ich habe noch alle meine Puppen mit der ganzen Ausstattung dazu.«

»Das ist ja super. Von mir existiert leider nichts Derartiges mehr«, äußerte sich Vivienne betrübt.

»Andreas wollte das alles nicht aufheben. Na ja«, zuckte sie mit den Schultern. »Dieses Kapitel ist nun endgültig vorbei.«

»Wer ist das?«, drang Semiras piepsige Stimme vom Boden herauf.

»Das sind meine Freundinnen«, antwortete Klara.

»Und wer bist du?« Verzückt hing nun auch Viviennes Blick an der Kleinen.

»Ich bin Semira. Mein Papa wohnt hier«, plauderte sie munter drauf los.

Nun wurde den beiden so manches klar. »Aha«, meinten sie nur und sahen sich schmunzelnd an.

»Was heißt da „Aha"«, entgegnete Klara, musste aber selbst lachen. »Was führt euch denn hierher?«, lenkte sie vom Thema ab. »Nehmt doch Platz.« Sie deutete auf die Couch.

»Wir haben ein kleines Problem. Also, genauer gesagt, Vivi hat eines. Ihr kennt euch ja.«

»Klar kennen wir uns, von früher. Zumindest vom Sehen«, entgegnete Klara.

»Ich war damals ein bisschen komisch«, meinte Vivienne zerknirscht.

»Das wollte ich nicht sagen«, versuchte Klara zu beschwichtigen, die ihren Gast zuvor zurückhaltend gemustert hatte. »Wir kannten uns ja gar nicht. Ich würde so etwas nie denken......«

»Ja, aber es war so. Ich war ziemlich eingebildet und blöd. Aber ich habe mich geändert und trenne mich gerade von meinem Mann, bzw. er sich von mir oder nein, vielleicht doch nicht. Ich meine, wir trennen uns voneinander«, sprudelte es aus Vivienne heraus.

Verwirrt schaute Klara sie an, bis diese schließlich erklärte: »Das ist auch eine längere Geschichte.«

»Okay, ich glaube, wir müssen uns dann mal ein oder zwei Stündchen zusammensetzen. Nur wie gesagt, jetzt ist es gerade schlecht.« Sie deutete auf die Kleine und die auf dem Boden liegenden Spielsachen.

»Schon klar. Wir wollten auch nur fragen, ob es vielleicht möglich wäre, dass Vivi ein paar Tage hier übernachten kann«, getraute sich Eliane nun zu fragen.

»Wie stellst du dir das denn vor?«, fragte Klara gedehnt. »Wir haben kein Zimmer frei.«

»Ich weiß, aber es ist wirklich ein Notfall. Weißt du denn, wann Rebecca zurückkommt?«

»Sie müsste jeden Moment hier eintreffen.«

»Tja, dann weiß ich auch nicht«, meinte Eli resigniert.

»Macht euch keine Gedanken. Ich kann auch ins Hotel gehen. Es wird sich schon eine Lösung finden.«

»Nein, halt«, mischte sich Klara wieder ein. »Wenn es dir nichts ausmacht und es wirklich nur um ein paar Tage geht, kannst du gerne hier im Wohnzimmer auf dem Sofa übernachten. Es ist vielleicht nicht so bequem, aber wenn es dir egal ist….«

»Das ist doch kein Problem. Ich bin froh, wenn ich mir heute Nacht keine Bleibe mehr suchen muss. Mein Mann ist jetzt wieder zu Hause. Da ich mich endgültig von ihm trenne, kann ich dort nicht bleiben. So kann ich mir dann in Ruhe überlegen, wie es weitergehen soll. Drei Nächte wären super.«

»Okay, dann machen wir das so. Ich spreche mit Rebecca, wenn sie kommt und natürlich mit Klaus. Das wird schon klargehen. Ich richte dir heute Abend das Bett. Wir sind meistens sowieso früh in unseren Zimmern, dann ist das kein Problem und du hast deine Ruhe.«

Erleichterung durchflutete Vivienne. »Dann gehe ich jetzt kurz nach Hause und hole mir das Nötigste.«

»Alles klar«, freute sich Klara nun auf die Gesellschaft, wenn sie auch zuerst Bedenken gehabt hatte. Auch Eliane war froh über die Lösung und verließ zusammen mit ihrer Freundin das Haus.

Klarheit

Als Klaus die Haustür aufschloss, hörte er schon von Weitem die Stimme seiner Tochter. Deshalb eilte er direkt ins gemeinsame Wohnzimmer, anstatt in seinem eigenen Raum zu verschwinden. Strahlend schaute Semira ihm entgegen. Sie saß zusammen mit Klara auf dem Boden, wieder umgeben von bemalten Blättern und Spielzeug.
Als er allerdings in Richtung Sofa blickte, erlosch sein Lächeln. Dort saß nämlich seine Ex. Dann schoss ihm aber das letzte Gespräch mit ihr in den Kopf und er entspannte sich wieder, denn das war schließlich gut verlaufen. Zumindest ohne Streitigkeiten. Semira war inzwischen aufgesprungen, rannte zu ihrem Vater und umarmte ihn ganz fest. Da wurde ihm ganz warm ums Herz.
Nachdem er sein Töchterchen umarmt und geküsst hatte, begrüßte er Klara und Sabine. Nun stand er etwas ratlos mitten im Raum und wusste nicht, was zu sagen war. Natürlich hatte er mitbekommen, dass Klara schon zweimal auf das Kind aufgepasst hatte und dagegen war auch überhaupt nichts einzuwenden. Er kämpfte nur nach wie vor mit seinen Gefühlen, die er für sie hegte. Aber da sie nichts von ihm wollte, musste er

schließlich damit zurechtkommen. Er musste sich eingestehen, dass auch er in seinem bisherigen Leben genug falsch gemacht hatte. Ab jetzt wollte er nichts mehr auf Lügen aufbauen. Deshalb nahm er, einer plötzlichen Eingebung folgend, sich vor, Sabine die Wahrheit in Sachen Beziehung zu seiner Mitbewohnerin zu sagen. Diese kämpfte ebenfalls schon die ganze Zeit mit sich und über-legte fieberhaft, wie sie beginnen konnte, Sabine reinen Wein einzuschenken. Deshalb erstarrte sie auch, als sie hörte, dass Klaus begann, alles zu beichten. Was musste Sabine denn jetzt von ihr denken.

Stockend begann er: »Hey Sabine, ich muss dir was sagen.«

Diese sah ihn misstrauisch an.

»Es ist nämlich so…. ich weiß gar nicht, wie ich es sagen soll«, fuhr er fort. »Es war eine Notlüge, dass…«

»Jetzt sag endlich, was los ist. Hast du schon wie-der etwas angestellt?«

»Natürlich nicht. Ich stelle nie was an«, entgeg-nete er verärgert. »Es ist nur so…«, meinte er, Klara dabei anschauend, die die Absicht hatte, den Raum zu verlassen, damit die beiden unge-stört reden konnten.

Sie überlegte es sich dann aber, drehte sich wieder um und sagte an Sabine gewandt: »Ich wollte dir auch gerade etwas sagen, Klaus ist mir nur zuvorgekommen.«

Fragend schaute Sabine die beiden an.

»Wir sind kein Paar«, sprudelten die Worte aus Klara heraus.

»Wie soll ich das verstehen? Das kann doch nur ein Witz sein«, entgegnete Sabine fassungslos.

»Ihr seid das perfekte Paar.«

»Nein, sind wir leider nicht«, antwortete Klaus kleinlaut. »Ich wäre sehr gern mit Klara zusammen, aber sie möchte das nicht und das muss ich akzeptieren.«

»Wie, ich möchte das nicht? Du spinnst wohl. Du hast mich nur benutzt, um dein Kind zu bekommen«, empörte sie sich.

»Aber so war das doch gar nicht. Ich habe mich Hals über Kopf in dich verliebt.«

Nun war es an seiner Mitbewohnerin, ihn fassungslos anzuschauen. »Aber ich dachte...«

Kopfschüttelnd mischte sich nun Sabine ein: »Ihr tickt wohl nicht ganz richtig. Schaut mal, dass ihr das hinkriegt. Ihr seid doch beide total ineinander verliebt. Das sieht doch ein Blinder«, schnappte sich ihre Tochter, die ebenfalls sprachlos das Geschehen verfolgt hatte, und verließ ohne weitere Worte die Wohnung.

Den Zurückgebliebenen blieb nichts Weiteres zu tun, als sich fassungslos anzuschauen. Schließlich redeten beide gleichzeitig los, um sich dann nur noch wortlos um den Hals zu fallen und in einem innigen Kuss zu versinken.

Stammtisch

Die Freunde hatten sich im „Café Früher" zum Stammtisch versammelt. Dieses Mal waren wirklich alle anwesend. Sogar Ralf hatte Wort gehalten und war mitgekommen. Brigitte und ihr Hermann waren von den Malediven heimgekehrt und saßen vollkommen entspannt und braun gebrannt in der Runde. Freudig schaute Eliane einen nach dem anderen an. Sie war glücklich, alle Ihre Lieben um sich versammelt zu haben. Sie hatten mitten im Raum mehrere Tische aneinandergestellt. Zur Feier des Tages gab es belegte Brote und süße Stückchen. Natürlich waren auch Kartoffelchips und andere Sachen zum Knabbern vorhanden. Timo goss Champagner in langstielige Gläßer und stellte vor jeden ein Glas hin.

»Für mich bitte nicht«, sagte Tamara und erntete deswegen erstaunte Blicke von Rebecca und Brigitte, die noch nicht wissen konnten, dass die Freundin schwanger war.

Eliane hatte sich vorgenommen, den heutigen Abend absolut zu genießen, nachdem die Runde die letzten Male doch sehr zusammengeschrumpft war und sie heute endlich alle wieder zusammen sein konnten.

Darüber freute sie sich riesig. Auch darüber, dass ihre Mutter wieder da war, war sie sehr froh.

Lächelnd setzte sie sich neben Brigitte.

Es dauerte aber keine zehn Minuten, da sprang Eliane wieder auf und starrte Brigitte fassungslos an. Sie meinte, sich verhört zu haben. Hatte diese doch gerade verkündet, dass Hermann und sie heimlich auf den Malediven geheiratet hätten. Unglaublich, sie musste sich verhört haben.

Der Schock, dass ihre Mutter überhaupt wieder geheiratet hat, saß tief. Sie mochte Brigittes Lebensgefährten zwar, aber damit hatte sie nicht gerechnet. Dann kam noch dazu, dass es heimlich stattgefunden hatte. Ohne, dass sie dabei sein konnte. Das war das Schlimmste an der Sache.

Eliane sprang auf und rannte in das kleine Nebenzimmer, um sich dort wieder zu sammeln. Brigitte folgte ihrer Tochter mit betrübtem Gesicht. Nachdem sie die Tür hinter sich geschlossen hatte, sagte sie leise: »Hey Eli, was soll das denn? Kannst du mir das Glück nicht gönnen?«

»Doch, natürlich«, stammelte diese, »aber du hättest doch auch vorher was sagen können.«

»Was hätte das geändert? Wir sind in einem Alter, wo wir kein rauschendes Fest wollten.«

Nachdenklich starrte Eliane ihre Mutter an und ihr wurde langsam klar, dass sie sich dumm benommen hatte. Deshalb ging sie auf Brigitte zu und nahm sie fest in die Arme. »Entschuldige, ich hatte einfach nicht mit so etwas gerechnet. Ich war total überrumpelt.«

»Ist ja schon gut«, tröstete Brigitte ihre Tochter, indem sie ihr über den Rücken streichelte. »Du wirst immer der wichtigste Mensch in meinem Leben sein.«

»Das weiß ich ja. Darum geht es auch gar nicht. Ich mag Hermann ja auch. Alles ist gut. Es tut mir leid, dass ich so reagiert habe. Es ist nur alles so plötzlich. Und ich wäre gerne dabei gewesen.«

»Wir holen das nach. Ein kleines Fest ist schon drin.«

»Das ist schön. Aber jetzt lass uns wieder zu den anderen gehen. Ich muss mich auch bei Hermann entschuldigen«, meinte Eliane zerknirscht.

»Blödsinn. Der versteht das.«

Die beiden verließen einträchtig das kleine Zimmer und waren erleichtert, dass sich von den anderen niemand um sie kümmerte. Alle taten so, als ob es den kleinen Zwischenfall überhaupt nicht gegeben hätte und waren froh, als sie Elianes lächelndes Gesicht sahen. Ralf trug auch zu der guten Stimmung bei, indem er sich äußerte: »Das ist richtig super hier bei euch. Da könnte ich mich dran gewöhnen.« Da mussten alle lachen.

»Du bist immer herzlich willkommen«, sagte Timo. »Ich bin froh um jede männliche Verstärkung. Nicht wahr Robert?«

»Na klar. Je mehr, desto besser«, antwortete dieser grinsend und legte den Arm um Tamara. »Und nun möchten wir etwas verkünden«, fuhr er fort. In diesem Moment wurde auch Rebecca klar, was der Grund sein könnte, warum Tamara keinen

Champagner trank und sie konnte sich denken, was die beiden verkünden wollten.

Freudig sprang sie auf, eilte um den Tisch herum, umarmte die Freundin stürmisch und rief: »Herzlichen Glückwunsch! Du bist schwanger. Stimmt´s?«

Überrascht schaut Tamara sie an und Robert antwortet an ihrer Stelle. »Ja, wir sind schwanger.«

Daraufhin brach erneut ein lautes Gelächter aus und ein aufgeregtes Stimmengewirr erhob sich.

Nun sprangen auch die anderen von ihren Plätzen, um der Freundin zu gratulieren. Anschließend hefteten sich alle Blicke auf Klara und Klaus, der natürlich heute auch dabei war. Die beiden schienen von ihrem Umfeld nicht allzu viel mitzubekommen, so verliebt waren sie. Händchen haltend saßen sie nebeneinander. Rebecca lächelte bei diesem Anblick vor sich hin. Wer hätte das gedacht?

»Ja, und wir gehen nächste Woche in den Urlaub«, meldete sich nun Timo.

»Das ist toll. Das habt ihr euch aber auch verdient. Wir halten hier das Café am Laufen«, rief Tamara laut über den Tisch und schaute dabei Vivienne an, die sich bis dahin ziemlich ruhig verhalten hatte, aber zufrieden aussah.

Die anderen folgten ihrem Blick. Jetzt stand Timo auf, erhob sein Glas und verkündete: »Darf ich euch, also allen, die es noch nicht wissen, unsere neue Mitarbeiterin vorstellen?«

Wieder brach Jubel aus und die muntere Gruppe hatte noch einmal einen Grund anzustoßen.

Vivienne strahlte. Sie war so glücklich, neue Freunde gefunden und vor allem die alten wieder-getroffen zu haben. Das hätte sie sich noch vor kurzer Zeit nicht träumen lassen.

Und so feierten sie in die Nacht hinein, bis in die frühen Morgenstunden.

Ende

Epilog

Glücklich lächelnd saß Tamara an die Rücken-
lehne ihres Bettes gelehnt. Sie befand sich im
Krankenhaus und hatte ein gesundes Mädchen
zur Welt gebracht. Die kleine Sophia lag in ihren
Armen und der strahlende Vater hatte sich neben
ihr niedergelassen, den Arm um die beiden gelegt.
Das Baby war gerade mal einen Tag alt. Die Geburt war lang und anstrengend gewesen, aber
glücklicherweise ohne Komplikationen verlaufen.
Die Eltern waren überglücklich.
Eliane und Rebecca standen auf der rechten Seite
des Bettes und auf der anderen hatten es sich Vivienne und Klara bequem gemacht. Alle waren
sprachlos und schauten dieses kleine, zarte Ge-
schöpf an.
»Unfassbar«, sagte Eliane. »Es ist wie ein Wun-
der.«
»Das stimmt«, pflichteten ihr alle bei.
»Das ist der schönste Tag in meinem Leben«, erklärte Robert verklärt und sah seine Frau - ja sie
hatten inzwischen geheiratet - liebevoll an. Diese
nickte zustimmend.
»Wir sind extra ohne unsere Männer gekommen,
damit es nicht zu anstrengend für dich wird«, entschuldigte Eliane das Fehlen der anderen. Es wäre
sonst wohl etwas zu viel für dich geworden.«

»Ach was«, antwortete Tamara glücklich. »Aber die können gerne morgen vorbeischauen.«

»Das werden sie ganz bestimmt tun«, äußerte sich Klara.

»Und wie sieht es bei euch aus? Seid ihr glücklich?«, fragte nun Tamara die Freundin, indem sie einen kurzen Moment den Blick von ihrem Baby wandte.

»Wir sind sehr glücklich«, strahlte diese. »Und weißt du was? Wenn alles gut geht, sitze ich vielleicht in einem halben Jahr ebenfalls hier.«

Verständnislos schauten alle Anwesenden Klara an, bis ihnen klar wurde, was diese damit sagen wollte. Bevor bei den anderen die Erleuchtung kam, hatte Rebecca es schon begriffen und fragte fassungslos: »So schnell? War das denn......«, sie verschluckte die restlichen Wörter.

»Nein«, antwortete Klara lächelnd. »Es war nicht geplant. Du kannst es ruhig aussprechen. Aber wir freuen uns trotzdem sehr. Und im Nachhinein finden wir es ganz gut, dass wir nicht aufgepasst haben. Denn so bekommt Semira ein Geschwisterchen zu einem Zeitpunkt, wo sie vielleicht noch was damit anfangen kann und wächst nicht alleine auf.

Alle waren begeistert und sprachen durcheinander.

»Das ist ja super!«

»Einfach großartig!«

»Herzlichen Glückwunsch!«

»Das sind ja Neuigkeiten. Ich freue mich sehr für euch.«

Nachdem sie sich von der Überraschung erholt hatten, umarmten alle Klara.

»Und was ist mit dir, Vivienne«, wollte Tamara wissen. »Bist du glücklich?«

»Und wie ich froh bin, mein altes Leben hinter mir gelassen zu haben. Es ist so schön mit euch zusammen zu sein und im Café arbeiten zu dürfen. Inzwischen habe ich meine kleine Wohnung schön eingerichtet, ganz nach meinem Geschmack. Mehr brauche ich gar nicht.«

»Vielleicht halt doch mal einen Mann«, wagte Eliane zu sagen. »Was ist denn übrigens mit dem, der seit Neuestem fast jeden Tag im Café erscheint und dich die ganze Zeit anstarrt? Der kommt doch nur wegen dir.«

»Ach was«, wehrte sich Vivienne etwas zu heftig, wurde dabei aber knallrot. »Ich habe genug von Männern. Ich bin erstmal geheilt.«

So ganz nahm ihr das allerdings keiner ab. Eliane hatte schon mehrfach beobachtet, wie auch ihr Blick des Öfteren zu dem neuen Gast hinwanderte. Deshalb schmunzelte sie, sagte aber nichts mehr.

Nun kam Rebecca an die Reihe. Alle Blicke wanderten zu ihr und schließlich fragte Klara: »Hast du dich gut eingerichtet in Ralfs Wohnung?«

»Na klar«, antwortete sie fröhlich. »Ich konnte nicht in der WG bleiben. Das war ja nicht mehr auszuhalten bei so viel Liebesglück.«

»Haha«, meinte Klara. »Ich weiß noch genau, wie glücklich du warst, einen Grund zu haben, so schnell wie möglich bei Ralf einziehen zu können. Und der war froh, dass du keine Ausrede mehr hattest, von wegen und so, dass du es nicht verantworten konntest, dass die Wohngemeinschaft auseinanderbricht.«

»Nun ja«, musste sie zugeben. »Wie auch immer, es war die beste Lösung für uns alle.«

»Genau, sonst hättest du wahrscheinlich nie den Absprung geschafft«, konnte sich Tamara nicht verkneifen zu sagen. Rebecca summte vor sich hin, um ihren Freundinnen zu verstehen zu geben, dass sie überhaupt nicht zuhörte.

Robert hatte die ganze Zeit geschwiegen. Er war damit beschäftigt sein kleines Mädchen anzuschauen. Inzwischen hatte er es Tamara abgenommen und trug die Kleine leise summend im Zimmer umher. Tamara nutzte die Zeit und erhob sich aus dem Bett. Sie musste sich ein bisschen bewegen nach dem langen Sitzen.

»Kommt, lasst uns etwas raus an die Luft gehen«, sagte sie deshalb.

»Geht nur«, ermunterte ihr Mann sie. »Ich schaffe das schon.«

Lächelnd verließen die Frauen den Raum. Draußen im Garten angekommen, meinte Eliane nachdenklich: »Im Moment scheint alles glatt zu laufen.«

»Sowas sagt man nicht. Das kann morgen schon wieder anders sein«, empörte sich Rebecca, die schon immer eher etwas pessimistisch veranlagt war.

»Dann hoffen wir einfach das Beste«, entgegnete Tamara, die sowieso auf Wolke sieben schwebte und sich auf die glückliche Zeit mit ihrem Mann und dem Baby zu Hause freute.

»Sobald ihr euch ein bisschen erholt und an die neue Situation gewöhnt habt, machen wir ein Fest im Café«, schlug Eliane vor. Die Freundinnen stimmten voller Begeisterung zu. Allen war klar, dass es ihnen niemals langweilig werden würde. Aber solange die Überraschungen so angenehm waren, war alles gut.

Dank:

Ich bedanke mich bei meinem Mann Peter, der von Anfang an, wie auch alle meine anderen Bücher, dieses Buch mitgelesen und mich unterstützt hat. Vor allem für das wunderschöne Cover!
Mein ganz besonderer Dank gilt Dittmar Huniar und Frau B. Eichkorn für das Korrektorat und Lektorat!
Auch bei meinen Freundinnen Christina Bischoff und Claudia Mackiewicz, die mein Buch vorab gelesen und mir kleine Verbesserungsvorschläge gemacht haben, möchte ich mich ganz herzlich bedanken!
Dank auch an Gertrude Gebauer, die mein Buch wieder mit ihren Mauszeichnungen verschönert hat!
Natürlich ebenfalls allen meinen Lesern, die gespannt auf mein Buch warten und es lesen werden, ein herzliches Dankeschön!

Eine kleine Bitte zum Schluss

Ich hoffe, dass Ihnen dieses Buch gefallen hat.
Der schnellste Weg, andere Leser an Ihren Erfahrungen mit diesem Roman teilhaben zu lassen, ist eine Rezension im Online-Buch-Shop.
Ihr Feedback hilft anderen Lesern, Neues zu entdecken. Außerdem hat man als Autor durch Ihr ehrliches Leser-Feedback die Möglichkeit sich weiterzuentwickeln.
Vielen Dank im Voraus, wenn Sie sich ein paar Minuten Zeit nehmen und eine kleine Bewertung zum Buch veröffentlichen.

Manuela Kusterer

Die Liebe, das Leben und die täglichen Katastrophen

Roman

Seiten: 176
ISBN: 9783746008998

Eliane müsste eigentlich glücklich sein, denn sie hat alles, von dem andere nur träumen. Einen gut verdienenden Mann, ein schönes Haus und genügend Geld, um ein angenehmes Leben führen zu können. Aber sie ist nicht zufrieden. In ihrer Ehe kriselt es, ihre Freundinnen hören ihr nicht zu und ihren Traum, ein Café zu eröffnen, kann sie nicht verwirklichen, weil ihr Ehemann dagegen ist. Dann wird Eliane von einigen heftigen Schicksalsschlägen getroffen. Wird sie vielleicht dadurch erkennen, was und vor allem wer wirklich wichtig ist im Leben?

Manuela Kusterer

Tamara, ihr Leben und das Café

Roman

Seiten: 192
ISBN: 9783748183280

Seit Tamara bei ihrer Freundin Eliane im Café arbeitet, ist sie einer der glücklichsten Menschen auf Erden. Dachte sie zumindest bis vor acht Wochen, denn seit einiger Zeit verhält sich ihr Ehemann immer seltsamer. Hat er vielleicht eine Geliebte? Das kann sich Tamara allerdings nicht vorstellen, da er sich ihr gegenüber liebevoll wie immer verhält. Aber was ist es dann? Dazu kommt noch, dass sie drauf und dran ist, sich in einen anderen Mann zu verlieben. Verzweifelt sträubt sie sich gegen ihre Gefühle und versucht ihre Ehe zu retten……

Manuela Kusterer

Wer nicht vergessen kann muss töten

Regionalkrimi

Seiten: 208
ISBN: 9 783735721549

Späte Rache...

Es ist nicht das erste Mal, dass Privatermittler Andreas Stahl einen Drohbrief bekommt. Aber dieses Mal spürt er die Gefahr greifbar nahe. Der Verfasser des Briefes droht, sein Leben zu zerstören. Acht Wochen danach verschwindet seine Frau spurlos. Die Polizei unternimmt nichts, weil es keine Anzeichen für ein Verbrechen gibt. In Pforzheim wird eine Frau auf entsetzliche Weise ermordet. Für die Ermittlungen ist das Polizeirevier Pforzheim zuständig.
Das Team befürchtet, dass das erst der Anfang ist. Nachdem Stahl von seiner totgeglaubten Frau einen verzweifelten Anruf bekommt, beginnt er die Suche nach ihr.
Die Spur führt ins Ausland. Im Zuge der Ermittlungen kreuzen sich die Wege des Detektivs aus Karlsruhe und der im Mordfall ermittelnden Polizeibeamten. Hat das Verschwinden von Margarete etwas mit dem Fall zu tun?

Manuela Kusterer

Gefährliche Entscheidung

Kriminalroman

Seiten: 308

ISBN: 9783751937092

Wie eine falsche Entscheidung das Leben verändern kann…

In Pforzheim fühlt sich Luisa Kessler beobachtet und verfolgt. Nach dem Tod ihres Mannes versucht sie, sich zusammen mit ihrer Tochter Annabelle ein neues Leben aufzubauen. Als sie gerade beginnt wieder glücklich zu sein, erhält sie eine Nachricht, die ihre ganzen Pläne ändert.
Ungefähr zur gleichen Zeit wird in Berlin eine Studentin bestialisch ermordet.
Nachdem eine weitere junge Frau auf die gleiche Art und Weise ermordet aufgefunden wird, ermittelt das Polizeiteam auf Hochtouren. Bald wird Hauptkommissarin Maren Westphal und ihrem Kollegen klar, dass es der Täter noch auf ein weiteres Opfer abgesehen hat. Es ist ein Wettlauf mit der Zeit.

Gefährlicher Deal

Kriminalroman

Seiten: 212

ISBN: 9783753481623

Gefahr, Geld und Liebe…

Nach einem Treffen mit den Eltern ihres Verlobten verschwindet Gabriele spurlos. Auf der Suche nach ihr hat Raphael einen schweren Verkehrsunfall und liegt im Koma. Als er sich etwas erholt hat, erfährt er, dass seine Freundin wie vom Erdboden verschluckt ist. Verzweifelt versucht er sie zu finden. Dabei hilft ihm Sophie, die er vor Kurzem kennengelernt hat. In einem unbedachten Moment begibt sich diese in große Gefahr und bleibt ebenfalls verschwunden. Nun muss sich Raphael um beide Frauen sorgen. Zeitgleich ermitteln Hauptkommissarin Maren Westphal und ihr Kollege in einem heiklen Fall. Eine junge Frau, die niemand vermisst, wird tot aufgefunden. Hängt das Verschwinden von Gabriele und Sophie damit zusammen? Wird Raphael und das Berliner Polizeiteam sie rechtzeitig finden? Oder droht ihnen das gleiche Schicksal wie der Unbekannten?